C'est pour ça qu'on l'aime

DANS LA MÊME SÉRIE

1. *Gossip Girl*
2. *Vous m'adorez, ne dites pas le contraire*
3. *Je veux tout, tout de suite*

gossip girl

C'est pour ça qu'on l'aime

Roman de
Cecily von Ziegesar

Fleuve Noir

Titre original :
I like it like that

Traduit de l'américain par
Marianne Thirioux-Roumy

Nulle réputation ne meurt tout entière, quand nombreux sont ceux qui l'ont proclamée. La réputation est une déesse, elle aussi.

Hésiode env. 800 av. J.-C.

ISBN : 2-265-08326-7

gossipgirl.net

thèmes ◀précédent suivant▶ envoyer une question répondre

Avertissement: tous les noms de lieux, personnes et événements ont été modifiés ou abrégés afin de protéger les innocents. En l'occurrence, moi.

salut à tous !

Avant tout, un grand merci d'être venus à ma soirée la semaine dernière. J'aurais bien voulu écrire plus tôt mais honnêtement, j'ai mis tout ce temps à récupérer ! C'est vrai, c'était de la folie douce d'organiser une fête un lundi mais, ensuite, la semaine *est passée super vite*, non ? Je suis pratiquement sûre que vous essayez encore tous de deviner si j'étais la blonde svelte en Jimmy Choo vert émeraude ou le grand Black aux hallucinants faux cils bleu saphir. Et c'était trop mignon de votre part de m'avoir apporté des cadeaux – surtout l'adorable petit chiot caramel ! – alors que vous ne savez même pas qui je suis ! C'est clair, j'adore être une femme-mystère internationale, et donc pour l'instant, je ne vous révélerai pas mon identité, aussi frustrant soit-il. Dites-vous que ça vous permettra de vous changer les idées lors de ces *interminables* journées à attendre la réponse des universités. Dites-vous que ce mystère n'est qu'un puzzle distrayant que vous tenterez de résoudre tout en supportant le stress et l'ennui des tristes semaines de mars.

Mais bon, comme si nous avions besoin de nous amuser… Nous disposons déjà d'un tas de distractions : sublimes vêtements griffés, immenses appartements dans l'Upper East Side avec *personnel à demeure*, diverses villégiatures et « maisons » de campagne, cartes de crédit illimitées, superbes diamants, voitures géniales – bien que la majorité d'entre nous n'ait pas encore son permis – et des parents qui nous adorent et nous laissent faire absolument tout ce que nous voulons, tant que nous ne mettons pas la famille dans l'embarras. En plus, le printemps pointe le bout de son nez, nous apportant des tonnes de temps libre pour nous « *occuper* ».

ON A VU

S remonter Madison Avenue et dessiner des moustaches sur son visage sur les sublimes affiches pour la pub du dernier parfum de **Les Best**, les Larmes de Serena. **O** chez Sigerson Morrison sur **Prince Street**, s'adonner à son fétichisme de la chaussure. **N** jeter un sac rempli de papier à rouler, de pinces métalliques servant à tenir des joints, de pipes à eau, de pipes à shit et de briquets dans une poubelle de la 86e Rue Est. **D** fumer une cigarette sur un quai de métro à l'angle de la 72e Rue et de Broadway, tard le soir, défiant les flics en transit de l'arrêter et de lui fournir ainsi l'inspiration tant attendue. **J**, avec sa nouvelle meilleure amie **E** et son petit copain **L**, fouiner dans le quartier des galeries d'art de Chelsea – super chic pour des gosses de troisième ! Attendez, je crois en fait qu'il est plutôt en seconde – mais qui sait *quoi que ce soit* sur ce mec ?? **V,** et sa grande sœur qui déchire grave, jeter des sacs-poubelles sur le trottoir devant leur appartement de Williamsburg. Nettoyage de printemps ? Ou le cadavre de **D** découpé en morceaux ? Oups ! Désolée, c'était méchant !

VOS E-MAILS

Q: Chère Gossip Girl,
je suis hyper frustré parce que tu nous diras jamais qui tu es, pas vrai ? j'aimerais vraiment te rencontrer en chair et en os. qui sait, si ça se trouve c'est déjà fait ? jusque-là, tu as en gros reconnu que tu étais une fille qui allait au lycée à constance. exact ?
— Q rieux

R: Cher Q rieux,
Je risque pas de développer et de te donner mon adresse perso, et encore moins de te dire dans quelle classe je suis. Si tu as été assez cool pour venir à ma soirée, tu m'as sûrement vue, quoique, en général je suis tellement bien entourée par mon… entourage qu'il est difficile de m'apercevoir. Mais ne change rien, reste curieux. Tu finiras peut-être par découvrir qui je suis.
— GG.

Q: Chère GG,
Tu es sexy ou pas ? Parce que si ce n'est pas le cas, ça va être super dur pour toi une fois que tout le monde apprendra qui tu es. Genre, et si t'étais juste une morue-thon super jalouse !?
— Sage

R: Cher(e) Sage,
tu ne peux pas connaître la définition de « sexy » tant que tu ne m'as pas rencontrée – ce qui ne risque pas d'arriver un jour.
— GG

ET MAINTENANT, CETTE *CHOSE* QUI CONTINUE DE TITILLER PAS MAL D'ENTRE NOUS...

Entrer vierge ou non à la fac ?
Décide-t-on de laisser s'en charger un garçon que l'on connaît depuis des années ? S'en débarrasse-t-on pendant les vacances de Pâques ? D'été ? Ou nous installons-nous dans nos résidences universitaires telles que nous sommes, effrontées mais innocentes, prêtes à la perdre avec le premier beau gosse du campus qui nous dira : « Tu viens, chérie ? » Peut-être devrions-nous simplement écouter nos mères et nos sœurs aînées et « attendre que ce soit le bon moment » *quoi que cela signifie*. Évidemment, certaines ont déjà tué dans l'œuf ce sujet épineux il y a bien longtemps en décidant de passer leurs années fac à se concentrer sur des choses plus importantes, genre la géologie et Freud. NON. Regardez la vérité en face : même si vous n'êtes déjà plus vierge, vous risqueriez bien de le redevenir à la minute où vous mettrez un pied sur le campus. Et c'est une bonne chose.

Merci encore pour vos cadeaux ! Gros bécots – vous déchirez grave !

Vous m'adorez, ne dites pas le contraire.

gossip girl

on n'est vraiment bien que chez soi

— Sur quelle île on va au fait ? demanda Olivia Waldorf à sa mère.

Eleanor Waldorf Rose, perchée sur le bord du lit de sa fille, la regardait se préparer pour aller en cours tout en discutant des vacances de Pâques.

— Ooooh, ma chérie, je croyais que je te l'avais dit. Nous allons dans cette station balnéaire du Pacifique nord pour que les garçons puissent prendre des cours de surf.

Eleanor mit ses mains en coupe autour de son ventre enceint-de-presque-sept-mois et regarda les papiers peints crème en fronçant les sourcils, comme pour essayer de canaliser la préférence du bébé en matière de tapisserie. Elle devait naître en juin et Olivia entrerait à l'université peu après. Aujourd'hui Eleanor et sa décoratrice devaient discuter de leurs projets pour transformer la chambre de la jeune fille en nursery.

— Mais je suis *déjà* allée à Oahu, geignit Olivia d'un ton théâtral.

Voilà des semaines qu'elle savait qu'ils iraient à Hawaii pour les vacances de Pâques mais elle n'avait pas pensé à demander où. Elle referma d'un coup de pied le tiroir de sa coiffeuse d'époque en acajou et se planta devant le miroir de plain-pied derrière la porte de son armoire pour se bichonner. Ses cheveux châtains coupés ras étaient savamment décoiffés, et son col V en cachemire blanc tout juste décolleté pour laisser entrevoir la naissance de ses seins sans qu'elle n'ait à craindre que Mme M, la directrice, la renvoie chez elle pour s'être habillée comme une pute. Et ses nouvelles ballerines turquoise Sigerson Morrison faisaient tellement géniales sur des jambes nues qu'elle décida de ne pas mettre de collants, même si le mois de mars était si anormalement glacial qu'elle se gèlerait le cul.

— Je veux aller dans un endroit *nouveau*, ajouta-t-elle en faisant la moue dans le miroir et en s'appliquant une deuxième couche de gloss Chanel.

— Je sais, bibiche.

Sa mère descendit du lit en glissant et s'accroupit pour examiner une prise électrique qui semblait particulièrement dangereuse sur une plinthe près de la fenêtre. Une fois la décoration terminée, elle devrait engager quelqu'un pour remettre la maison entière aux normes bébé.

— Mais tu n'es jamais allée dans le Pacifique nord, reprit-elle. Aaron dit que c'est là que l'on surfe le mieux au monde !

À la grande consternation d'Olivia, sa mère portait un pantalon de jogging en velours beige arborant l'inscription *Juicy*[1] sur les fesses.

Euh, vous avez dit déplacé ?

— Donc j'existe plus ? demanda Olivia. (Elle sortit

1. *Juicy* signifie « sexy » en argot américain. *(N.d.T.)*

son sac Shearling bleu clair de Dior du placard et y balança ses affaires de classe.) D'abord, tu me vires de ma chambre et maintenant je n'ai plus mon mot à dire sur les vacances ?

— Les garçons achètent des trucs de surf en ligne. Tu devrais aller jeter un œil sur l'ordinateur d'Aaron. Regarde si quelque chose te plaît, répondit sa mère d'un ton distrait. (Elle rampait maintenant sur les mains et les genoux, et faisait le tour de la chambre pour chercher des dangers invisibles à un œil de bébé.) Tu sais, je *pensais* à abricot comme teinte générale – c'est une couleur de fille mais pas trop rose. Mais, maintenant, je me dis que jaune tirant sur le vert, ce serait même encore plus beau. *Endive*.

Olivia n'en pouvait plus. Elle ne voulait pas aller à Oahu ; elle se foutait bien d'acheter un équipement de surf ; elle n'en avait rien à battre de la couleur de la chambre de cet idiot de bébé et elle avait encore moins envie de lire le mot *Juicy* sur le cul d'éléphant en cloque de sa mère. Dans un ultime pschit-pschit de son parfum Marc Jacobs préféré, elle partit en classe sans même lui dire au revoir.

— Yo, Olivia, viens ici une minute ! cria son demi-frère de dix-sept ans de sa chambre lorsqu'elle passa devant d'un pas lourd.

Olivia s'arrêta et passa la tête dans la chambre. Aaron et Tyler, son frangin de douze ans, partageaient, en vrais frères, la chaise de bureau en fibre naturelle et commandaient des affaires de surf en ligne avec la carte de crédit de Cyrus Rose. Tyler avait cessé de se coiffer pour tenter de se laisser pousser des dreadlocks comme celles d'Aaron : on aurait dit qu'il avait la teigne. Olivia ne pouvait pas croire qu'elle devrait vivre dans cette turne en attendant d'entrer à l'université. Le dessus-de-lit en chanvre et le tapis en algues naturelles de son demi-frère étaient jonchés de vieilles pochettes de disques de reggae, de bouteilles de bière et de fringues sales ; la pièce empestait ses cigarettes aux herbes et les hot dogs au soja dégueulasses qu'il mangeait tout le temps – crus.

— Quelle taille fais-tu ? lui demanda Aaron. On peut te commander un top thermique. Ça protège des frottements de la planche.

— Et y a des couleurs trop cool ! ajouta Tyler, enthousiaste. Vert fluo et tout !

Olivia préférerait crever qu'être vue en vert fluo – surtout en top thermique vert fluo.

Elle sentit sa lèvre trembler dans un mélange d'horreur et de chagrin accablant. Et voilà, il n'était que huit heures moins le quart et elle était déjà au bord des larmes.

— L'ai trouvé ! hurla Cyrus Rose, son affreux de beau-père, derrière elle.

Il sortit de sa chambre et descendit le couloir en se dandinant, uniquement vêtu d'un peignoir de soie rouge au nœud dangereusement lâche. Sa moustache grise et hérissée avait besoin d'être taillée et son gros visage était rouge et graisseux. Il agita sous le nez de sa belle-fille un énorme slip de bain orange orné de petits poissons bleus, qui aurait été plus ou moins mignon sur n'importe qui, mais pas sur lui.

— Je l'adore, poursuivit-il. Les garçons vont me commander un top assorti ! annonça-t-il d'un ton joyeux.

L'idée de passer les vacances de Pâques à regarder Cyrus se ridiculiser sur une planche de surf en maillot de bain orange et en top moulant assorti suffit à faire pleurer Olivia pour de bon. Elle s'en alla furtivement dans l'entrée, attrapa son manteau dans la penderie et sortit précipitamment rejoindre sa meilleure amie. Avec un peu de chance, Serena trouverait quelque chose, *n'importe quoi*, pour lui remonter le moral.

Comme si c'était possible.

s a un coup de génie

Serena van der Woodsen sirotait son *latte* en regardant du coin de l'œil, morose, la 5e Avenue depuis son perchoir sur les marches du Metropolitan Museum of Art. Sa volumineuse chevelure blond clair débordait de la capuche de son pull en cachemire blanc à ceinture, se déversant sur ses épaules. Et la revoilà, sur le bus M102 – la pub pour Les Larmes de Serena. Son visage sur la photo ne lui posait aucun problème. Elle aimait comme le vent froid avait relevé sa robe jaune entre ses genoux bronzés depuis St. Bart, et bien qu'elle ne portât que des sandales et une robe bain de soleil à Central Park en plein mois de février, la chair de poule sur ses bras et ses jambes avait été soigneusement effacée à l'aérographe. Elle aimait même le fait qu'elle n'ait pas mis de gloss pour que ses lèvres parfaitement pleines aient l'air légèrement gercées et abîmées. C'étaient les larmes dans ses immenses yeux bleu foncé qui l'embêtaient. Naturellement, c'étaient elles qui avaient poussé Les Best à appeler son nouveau parfum Les Larmes de Serena mais la véritable raison pour laquelle elle pleurait sur la photo, c'était parce que ce jour-là – non, *à la minute même* – Aaron Rose, de qui elle était quasi sûre d'avoir été amoureuse, au moins une semaine, avait rompu. Et ce qui la contrariait, ce qui lui donnait de nouveau envie de pleurer, c'était que maintenant qu'ils avaient cassé, elle n'avait personne à aimer, et personne qui ne *l*'aimait.

Comme si elle ne tombait pas amoureuse de presque tous les mecs qu'elle rencontrait, et comme si tous les garçons au monde n'étaient pas raides dingues *d'elle*. Le contraire était impossible. Mais elle voulait que quelqu'un l'aime et la chouchoute comme seul un homme *fou amoureux* pouvait le faire. Ce genre d'amour rare. *Le grand amour*. L'amour qu'elle n'avait jamais connu.

Inhabituellement sombre et mélancolique, elle sortit une Gauloise de son sac Cacharel en velours noir tout abîmé et l'alluma rien que pour l'observer se consumer.

— Je me sens aussi moche que le temps, murmura-t-elle.

Puis elle se fendit d'un sourire lorsqu'elle vit Olivia, sa meilleure amie, gravir les marches pour la rejoindre. Elle attrapa l'autre *latte* qu'elle avait acheté, se leva et le lui donna.

— Mortelles, tes pompes ! constata-t-elle en admirant le dernier achat de sa copine.

— Je pourrai te les prêter, lui proposa généreusement Olivia. Mais je te tue si tu renverses quoi que ce soit dessus ! (Elle la tira par la manche.) Viens, on va être en retard.

Les deux filles descendirent les marches sans se presser et remontèrent tranquillement la 5e Avenue jusqu'à leur école tout en sirotant leurs cafés. Un vent glacial soufflait dans les branches dépouillées des arbres de Central Park, les faisant frissonner.

— Putain de froid ! siffla Olivia. (Elle fourra sa main libre dans la poche du pull-manteau en cachemire blanc de Serena, comme seule une meilleure amie pouvait le faire.) Bon, poursuivit-elle, maîtrisant ses larmes mais la voix quelque peu tremblante, non seulement ma mère se balade, genre, en se caressant les ovaires, mais en plus, la décoratrice vient aujourd'hui transformer ma piaule en Royaume du Bébé et la peindre couleur radis et couleur *cul* !

Brusquement la soif de grand amour qui taraudait Serena lui sembla futile. Ses parents n'avaient pas divorcé parce que son père était gay ; sa mère, d'âge moyen, n'était pas enceinte ; son demi-frère n'avait pas dragué d'abord Olivia puis elle-même pour finir par les plaquer toutes les deux, et elle n'était pas obligée de laisser sa chambre. Et, pis encore, elle n'était plus vierge à l'âge avancé de dix-sept ans, elle n'avait pas embrassé l'homme qui lui avait fait passer son entretien d'entrée à Yale, puis faillit perdre sa virginité avec un ancien élève de Yale et recruteur pour ladite université, foutant complètement en l'air ses chances d'y entrer. À vrai dire, sa vie, comparée à celle d'Olivia, était plutôt belle.

— Mais tu vas aller dans la piaule d'Aaron, non ? Et on vient de la lui redécorer, c'est super.

— Si tu aimes les rideaux en chanvre et les meubles en feuilles de ginkgo écolos, se moqua Olivia. En plus, Aaron est un con. Aller à Oahu pour les vacances de Pâques, c'était son idée.

Serena ne trouvait pas que c'était nul d'aller à Oahu mais elle n'allait pas contredire son amie de mauvaise humeur et risquer de se faire arracher les yeux. Les filles traversèrent la 86e Rue au feu vert et évitèrent de justesse de se faire faucher par un taxi. Quand elles arrivèrent sur le trottoir, Serena s'arrêta net, ses grands yeux bleus pétillants d'excitation.

— Hé ! Pourquoi tu ne viendrais pas habiter chez *moi* ?

Olivia s'accroupit pour frotter ses chevilles nues gelées.

— On peut avancer ? lui demanda-t-elle d'un ton maussade.

— Tu pourrais prendre la chambre d'Erik, poursuivit Serena, tout excitée. Et comme ça tu zapperas Oahu et tu viendras skier avec nous à Sun Valley !

Olivia se releva et souffla sur son café, regardant son amie en plissant les yeux à travers la vapeur. Quand celle-ci était rentrée de pension, elle l'avait détestée mais parfois elle l'adorait. Elle but une dernière gorgée et jeta sa tasse à moitié vide dans une poubelle.

— Tu m'aides à déménager après les cours ?

Serena glissa son bras sous le sien et lui murmura à l'oreille :

— Tu m'adores, ne dis pas le contraire.

Olivia sourit, posa sa tête remplie de problèmes sur son épaule et elles tournèrent à droite sur la 93e Rue. À quelques mètres seulement se dressaient les grandes portes bleu roi de Constance Billard, l'école de filles. Des élèves en queue-de-cheval et jupes plissées grises d'uniforme traînaient devant l'établissement, jacassant de plus belle à mesure qu'approchait le célèbre duo de lycéennes.

— Il paraît que Serena a signé un énorme contrat de mannequin après sa pub de parfum. Elle va ramener son bébé de France. Vous savez, celui qu'elle a eu l'an dernier avant de revenir à New York ? Tous les super top models ont des bébés, pépia Rain Hofftstetter.

— Il paraît qu'Olivia et elle vont prendre un appart ensemble dans le centre-ville pour élever le bébé au lieu d'aller à la fac. Olivia a décidé de ne *jamais* coucher avec un garçon et apparemment, Serena a eu sa dose de sexe pour toute sa vie. Regardez-les ! entonna Laura Salmon. De vraies gouines !

— Je parie qu'elles croient qu'elles se font passer pour de grosses féministes, un truc comme ça, fit remarquer Isabel Coates.

— Ouais mais elles seront moins fières quand leurs parents seront, genre, obligés de les *renier*, ajouta Kati Farkas.

La première cloche sonna, sommant les filles de rentrer.

— Salut ! lancèrent Serena et Olivia en passant devant le petit groupe.

— Cool, vos chaussures ! crièrent Rain, Laura, Isabel et Kati en guise de réponse, bien que seule Olivia en portât de nouvelles.

Serena arborait les mêmes vieilles bottes marron lacées en daim tout abîmées depuis le mois d'octobre. Olivia avait toujours les plus belles chaussures et les plus belles fringues, et Serena était toujours magnifique, même dans ses vieux vêtements de pensionnat tout râpés et pleins de brûlures de cigarettes. Raison de plus pour détester le duo – ou pour l'aimer, selon qui vous étiez et de quelle humeur vous vous sentiez.

le seul garçon clean de l'équipe de lacrosse

— J'l'ai ! cria Nate Archibald en faisant tournoyer sa batte de lacrosse au-dessus de sa tête, en attrapant la balle et en l'envoyant habilement à Charlie Dern.

Ses joues toutes rouges étaient maculées de terre et ses boucles châtain doré, emmêlées par la transpiration et des bouts d'herbe de Central Park : il était encore plus sexy que le mannequin le plus sexy de tout le catalogue de fringues Abercrombie & Fitch. Il releva son T-shirt pour essuyer la sueur qui dégoulinait de ses yeux verts brillants et même les pigeons perchés sur les arbres alentour roucoulèrent de plaisir. Le groupe de benjamines de l'équipe de Seaton Arms, qui regardait le match sur la ligne de touche, gloussa bêtement d'excitation.

— Waouh ! Il a dû faire vachement de muscu en prison, souffla l'une.

— Il paraît que ses parents vont l'envoyer en Alaska après le bac pour travailler dans une fabrique de conserves de thon, ajouta son amie. Ils ont peur qu'il se remette à dealer si jamais il va à l'université.

— J'ai entendu dire qu'il avait une très rare maladie du cœur. Il doit fumer de l'herbe pour éviter d'avoir des crises cardiaques, dit une autre. C'est plutôt cool, en fait.

Nate les gratifia d'un grand sourire innocent et les filles fermèrent simultanément les yeux pour ne pas tomber à la renverse. Dieu qu'il était parfait.

C'était le début de la saison et aucun capitaine n'avait encore été nommé. De fait, tous les garçons se tenaient à carreau. Après la mêlée habituelle, Michaels le coach leur avait demandé de faire des lancers francs pendant un moment. Nate jouait avec son copain Jeremy Scott Tomkinson lorsqu'il entendit son téléphone portable sonner sous le tas de manteaux. Il fit signe à son pote puis fonça y répondre.

Georgina Spark, la petite amie de Nate depuis plusieurs semaines, séjournait actuellement dans un centre de désintoxication à la drogue et à l'alcool dans sa ville natale de Greenwich, Connecticut, et n'avait le droit de passer des coups de téléphone sous surveillance qu'à certaines heures de la journée. La dernière fois que Nate avait loupé son appel, elle l'avait eu tellement mauvaise qu'elle s'était pris une cuite et qu'on l'avait ensuite retrouvée sur le toit de la clinique en train de mâcher des Nicorette et de sniffer un flacon de dissolvant – qu'elle avait tous deux volés dans le sac d'une infirmière.

— Tu es essoufflé, constata Georgie, toute sainte-nitouche, lorsqu'il répondit. Tu pensais à moi ?

— Je suis en entraînement de lacrosse, lui expliqua-t-il. (Michaels le coach cracha bruyamment dans l'herbe à quelques mètres de lui.) Mais je crois que c'est bientôt fini. Tu vas bien ?

Comme à l'accoutumée, Georgina ignora sa question.

— J'adore : tu es tout sportif, en pleine santé et clean alors que moi je croupis dans cette prison à me languir de toi. Exactement comme une princesse dans un conte de fées.

Ou pas.

Voilà quelques semaines, Nate s'était fait arrêter par les flics alors qu'il achetait un sachet d'herbe à Central Park et avait été envoyé en consultation externe au centre de désintoxication de Breakaway à Greenwich. C'était là qu'il avait fait la connaissance de Georgie dans une thérapie de groupe pour ados. Un soir, lors d'une épouvantable tempête de neige, Georgie l'avait invité dans son hôtel particulier. Ils s'étaient défoncés ensemble puis la jeune fille avait disparu dans la salle de bains pour se bourrer de médicaments. Très vite elle s'était endormie comme une masse en sous-vêtements sur le lit et Nate n'avait pas eu d'autre choix que d'appeler le personnel de Breakaway pour qu'ils viennent la chercher. Depuis, ils sortaient ensemble.

Pour un conte de fées, il était plutôt merdique.

— Si je t'appelle, c'est parce que…, fredonna Georgie au téléphone.

Les coéquipiers de Nate tournaient en rond autour de lui, enfilaient leurs manteaux et descendaient, à bout de souffle, les bouteilles de Gatorade qu'ils avaient apportées. L'entraînement était terminé. Michaels le coach cracha des mucosités par terre à côté de l'orteil de Nate et agita son index noueux à son intention.

— Faut que j'y aille, dit-il à Georgie. Je crois que le coach veut m'annoncer qu'il va me choisir comme capitaine.

— Capitaine Nate ! s'écria-t-elle d'une voix perçante. Mon mignon petit capitaine !

— Je te rappelle plus tard, OK ?

— Attends, attends, attends ! Je voulais juste que tu saches que j'ai décidé ma mère de convaincre ces tarés de me laisser sortir à partir de samedi, tant que je suis avec un adulte ou un mentor responsable. Du coup, on part dans son appart à Sun Valley faire du ski pour tes vacances de Pâques, OK ? Tu viens ?

Michaels le coach grogna quelque chose en regardant Nate et mit ses mains sur ses hanches de vieillard. Nate n'avait pas à réfléchir à deux fois à la proposition de Georgie de toute façon. Skier à Sun Valley était carrément mieux qu'aller retaper le vieux catamaran de son père dans leur résidence secondaire de Mount Desert dans le Maine.

— Bien sûr que je viens. À fond. Écoute, faut que j'y aille.

— Youpi ! s'écria Georgie. Je t'aime, ajouta-t-elle d'une voix rauque avant de raccrocher.

Nate jeta son portable sur son manteau de laine bleu marine Hugo Boss et se frotta énergiquement les mains. Ses coéquipiers étaient tous rentrés chez eux.

— Oui, coach ?

Michaels fit un pas vers lui en secouant la tête tout en ravalant la morve dans ses cavités nasales.

Miam-miam !

— L'an dernier j'ai failli te nommer capitaine quand Doherty a merdé avec son genou, dit le coach. (Il cracha et secoua de nouveau la tête.) Heureusement que je l'ai pas fait.

Oups.

Le sourire plein d'espoir de Nate s'évanouit quelque peu.

— Pourquoi donc ?

— Parce que tu n'as pas du tout l'étoffe d'un capitaine, Archibald ! aboya le coach. Regarde-toi, à jacasser au téléphone comme un play-boy pendant que tes coéquipiers se cassent le cul ! Et ne va pas croire que je suis pas au courant que tu t'es fait gauler pour avoir acheté de la dope ! (Il ronchonna.) Tu n'as rien d'un chef, Archibald. (Il cracha de nouveau et lui tourna le dos, fourra les mains dans les poches de sa parka rouge Lands'End et s'en alla.) Tu n'es qu'un tas de déceptions pourries.

— Mais je ne fume pl…, lui cria Nate, sa voix s'évanouissant dans le vent.

Le ciel était gris acier et les branches dépouillées des arbres craquaient et gémissaient. Nate resta seul sur la pelouse marron du mois de mars, sa batte de lacrosse à la main, frissonnant dans le froid. Son père étant un ancien capitaine de la marine, il était habitué à ignorer les tirades de vieilles figures autoritaires ronchons. Mais c'était quand même super vexant que Michaels le coach pense que le seul type non défoncé de l'équipe n'était pas fait pour être capitaine. Il ne lui avait même pas donné l'occasion de se défendre.

Il se pencha et ramassa son manteau. S'il avait été raide défoncé, il aurait souri sereinement à l'accusation du coach et se serait allumé un joint. Mais il balança son manteau sur ses épaules, fit un doigt d'honneur à l'entraîneur au loin, et traversa la pelouse enténébrée en traînant les pieds en direction de la 5e Avenue.

Charlie, Jeremy et Anthony Avuldsen l'attendaient sur le chemin à la sortie du parc. Anthony était un trop gros adepte de la fumette pour faire du sport, sauf quand il jouait de temps en temps au foot au parc, mais il ne manquait jamais de retrouver les garçons après leur entraînement avec des joints déjà roulés, un immense sourire sur son visage au bouc blond plein de taches de rousseur.

Lentement les garçons sortirent du parc sur la 5e Avenue.

— Mec, il t'a nommé capitaine, hein ? lui demanda Charlie d'une voix cassée, comme quand il planait, en gros vingt-quatre heures sur vingt-quatre.

Nate prit la bouteille de Gatorade bleu des mains de son copain et en but une gorgée. Même si ces mecs étaient ses meilleurs potes, il n'allait pas leur raconter ce qui venait de se passer.

— Il me l'a proposé mais j'ai refusé. C'est vrai quoi, je suis sûr d'être accepté à Brown, c'est pas comme si j'avais besoin qu'il y ait indiqué sur mon dossier que je suis capitaine d'une équipe de lacrosse. Et je louperai sûrement des matches le week-end quand je serai dans le Connecticut avec Georgie. J'ai proposé au coach de choisir un benjamin.

Les trois garçons arquèrent les sourcils, admiratifs.

— Bordel, mec ! souffla Jeremy. C'est, j'sais pas moi, *énorme* de ta part !

D'un seul coup, Nate ressentit cette espèce de coup de sang qu'il aurait eu s'il avait demandé au coach de nommer un benjamin au poste de capitaine à sa place. C'eût été *énorme* de sa part, c'était clair, mais ce n'était pas ce qu'il avait fait.

— Mouais, bon, dit Nate.

Il sourit, mal à l'aise, et boutonna son manteau. Non seulement il avait menti en disant que le coach lui avait proposé d'être capitaine mais il avait aussi baratiné sur ses chances d'être admis à Brown. D'accord, son père y était allé et d'accord il avait passé un putain d'entretien d'entrée mais comme il était chargé à bloc à chaque examen et test de connaissances qu'il passait depuis la quatrième, ses notes étaient, au mieux, médiocres.

— Tiens, fit Antony en lui tendant un pétard allumé. (Il avait tendance à oublier toutes les heures qu'il avait arrêté.) C'est du cubain. Je l'ai acheté à mon cousin qui va à Rollins en Floride.

Nate refusa le joint d'un geste de la main.

— J'ai un devoir à rendre, dit-il en s'éloignant du groupe pour rentrer chez lui.

C'était dur de s'habituer – à ne pas être défoncé. Il avait les idées si claires que ça lui faisait presque mal. Et brusquement, il avait tant de choses à *penser*.

Waouh.

*le verre de **d** est à moitié vide*

Les cours terminés pour la journée, l'ex-débraillé Daniel Humphrey, à présent fringué mode et bien propre sur lui, ne traîna pas avec les autres lycéens devant Riverside Prep, à jouer au basket et à manger des pizzas de la pizzeria à l'angle de la 76e Rue et de Broadway. Il remonta la fermeture Éclair de son coupe-vent noir APC flambant neuf, relaça ses chaussures de bowling Camper et partit retrouver son agent à l'hôtel Plaza.

La salle à manger du Plaza, très ornée et peinte en or, grouillait de la foule habituelle de touristes russes vêtus de couleurs voyantes, de grand-mères extravagantes et de quelques familles bruyantes du Texas, trimballant tous des sacs de courses de FAO Schwarz et Tiffany et dînant tôt dans la soirée. Tous sauf Rusty Klein.

Smack, smack !

Rusty embrassa Dan sur les joues pour la forme quand il s'assit.

— Mystery vient ? lui demanda-t-il, plein d'espoir.

Des dizaines de bracelets en or cliquetèrent bruyamment lorsque Rusty se frappa le front.

— Oh bordel ! Je suis sûre que j'ai oublié de te le dire ! Mystery est en tournée promotionnelle mondiale pour six mois pour le lancement de son nouveau livre. On a déjà vendu cinq cent mille exemplaires au Japon !

La dernière fois que Dan avait vu Mystery, c'était à un micro ouvert au club de poésie de Rivington Rover à Manhattan. Ils avaient pratiquement baisé sur scène en improvisant des poèmes ensemble. Puis la poétesse blafarde et chaude aux dents jaunes s'était retirée pour écrire et, depuis, il ne l'avait pas revue.

— Mais son livre n'est pas encore sorti, protesta-t-il.

Rusty releva ses cheveux rouges comme une voiture de pompiers au-dessus de sa tête et y glissa un crayon à papier bien taillé pour les faire tenir. Elle attrapa son martini, le siffla d'un coup, maculant le bord du verre de rouge à lèvres rose vif.

— Ce n'est pas grave si le livre ne sort *jamais*. Mystery est déjà une célébrité, déclara-t-elle.

En gros fumeur invétéré, Dan mourut brusquement d'envie d'une cigarette. Mais comme il était interdit de fumer, il saisit une fourchette sur la table et appuya les dents sur la paume de sa main tremblante. Mystery, qui n'avait que dix-neuf ou vingt ans – Dan n'en était pas sûr –, avait réussi à écrire sa biographie intitulée *Pourquoi je suis si facile* en moins d'une semaine. Le jour où elle l'a eu terminée, Rusty l'avait vendue à Random House pour un stupéfiant à-valoir à six chiffres, avec un contrat cinématographique à la clé.

Rusty avança sa chaise d'un coup et poussa son verre d'eau du robinet chaudasse à moitié vide vers Dan, comme si elle désirait qu'il le boive.

— J'ai envoyé *Cendres, cendres* à la *North Dakota*

Review, lui annonça-t-elle avec brusquerie. Ils ont détesté.

Cendres, cendres était le dernier poème de Dan, l'histoire d'un type qui se languissait de son chien mort ; seulement c'était au lecteur de deviner que le narrateur s'adressait à un chien et non à sa petite amie.

C'est le premier match de base-ball de la saison
J'attends ton baiser
Mélange de viande et de chocolat
Mes chaussures n'ont pas bougé
Une dans ton lit où tu l'as laissée
L'autre sur le siège arrière de ma voiture

Dan s'effondra sur sa chaise. La semaine où son poème *Salopes* avait été publié dans le *New Yorker*, il s'était senti invincible et célèbre. Là, il avait l'impression d'être un gros nul.

— Mon chéri, à mon avis il y a différentes raisons si ta prose ne séduit pas tout le monde comme celle de Mystery, entonna Rusty. Tu es encore jeune, mon chou. Tu as juste besoin d'une bonne formation. Oh bordel, il me faut un autre verre !

Elle rota dans son poing et agita les mains au-dessus de sa tête. En moins de deux, un martini plein à ras bord fut posé devant elle.

Dan attrapa le verre d'eau à moitié vide puis le reposa. Il voulait lui demander quelles étaient ces « différentes raisons » pour lesquelles sa prose ne séduisait pas tout le monde comme celle de Mystery mais il était quasiment sûr de connaître la réponse. Si celle-ci écrivait principalement sur le sexe, Dan écrivait surtout sur la mort, ou le souhait de mourir, ou se demandait si mourir ne valait pas mieux que vivre, ce qui était quelque peu déprimant quand on y pensait. De plus, il n'était pas orphelin comme Mystery – selon la légende, du moins. Une orpheline élevée par des prostituées. Il n'était qu'un ado de dix-sept ans qui vivait dans un immense appartement datant de l'avant-guerre dans l'Upper East Side avec Rufus, son père divorcé, qui dépassait les bornes mais qui l'aimait, et Jenny, sa petite sœur aux gros seins – mais qui l'aimait plus ou moins.

— C'était tout ce que tu voulais me dire ? lui demanda-t-il, l'air déprimé.

— Tu plaisantes ?

Dopée par la quatrième gorgée de son deuxième martini, Rusty sortit vite fait un portable de son sac Snapdragon de Louis Vuitton, édition limitée.

— Tiens-toi prêt, Dannyboy. J'appelle Sig Castle à la *Lettre rouge*. Je vais lui demander de te trouver du boulot !

La *Lettre rouge* était la revue littéraire la plus prestigieuse au monde. Lancée voilà cinq ans par le poète allemand Siegfried Castle dans un entrepôt abandonné de Berlin Est, elle venait d'être rachetée par Condé Nast et avait déménagé à New York où elle faisait un malheur dans son rôle de rejeton avant-gardiste des éditeurs de *Vogue* et *Lucky*.

Rusty composa son numéro avant même que Dan n'ait eu son mot à dire. Bien sûr, travailler à la *Lettre rouge* serait un honneur mais il n'était pas vraiment à la recherche d'un emploi en ce moment.

— Mais je vais toujours au lycée ! marmonna-t-il.

Son agent avait parfois tendance à oublier qu'il n'avait que dix-sept ans et que, de fait, il ne pouvait pas la retrouver le lundi pour prendre des expressos à dix heures du matin, ni partir à Londres sur un coup de tête pour assister à une lecture de poèmes. Et encore moins travailler à temps plein.

— Sig, mon Sigounet, c'est Rusty, chantonna-t-elle. Écoute, mon chéri, je t'envoie un poète. Il a du potentiel mais il faudrait le dégourdir un peu. Tu piges ?

Siegfried Castle – Dan n'arrivait toujours pas à croire que Rusty parlait au *grand* Siegfried Castle ! – répondit quelque chose qu'il n'entendit pas. Rusty lui balança le téléphone :

— Sig veut te dire un mot.

Les mains dégoulinantes de sueur, le jeune homme porta le téléphone à son oreille nerveuse et croassa : « Allô ? »

— Ze zais ba du tout qui fous zêtes bais Ruzty a gréé zette vandazdique Myzdery Craze donc ze zuboz que ze tois auzi vous zengager, non ? zozota Siegfried Castle avec un accent allemand snob.

Dan eut du mal à comprendre un seul mot, à part Mystery Craze. Pourquoi donc tout le monde avait entendu parler d'elle et personne n'avait entendu parler de *lui* ? Après tout il avait été publié dans le *New Yorker*.

— Merci beaucoup pour cette opportunité, répondit-il humblement. Je n'ai pas cours la semaine prochaine car ce sont les vacances de Pâques, je pourrai donc travailler toute la journée. À la rentrée, je ne viendrai qu'après les cours.

Rusty lui arracha le téléphone des mains.

— Il sera là lundi matin, annonça-t-elle. Bye bye, mon Sigounet ! (Elle raccrocha et jeta son portable dans son sac avant de chercher son martini à tâtons.) Nous étions amants mais c'est mieux que nous soyons amis, maintenant, lui avoua-t-elle. (Elle pinça les joues pâles et confuses de Dan.) Waouh, tu es le nouveau stagiaire de Sigounet, son petit stagiaire mignon tout plein !

Aux expressions de Rusty, le job paraissait hyper dégradant, comme si Dan allait passer ses journées de travail à remuer les décas de Siegfried Castle et à tailler ses crayons. Mais un stage à la *Lettre rouge* était un petit boulot si prestigieux et si impossible à décrocher qu'il n'avait franchement pas à se plaindre.

— Est-ce que la *Lettre rouge* vient de la lettre A comme *adultère* que devait porter Hester Prynne dans *La Lettre écarlate* ? s'enquit-il, sincèrement intéressé.

Rusty le fixa d'un air interrogateur.

— Qu'est-ce que j'en sais, bordel !

comment ne pas parler à la personne à qui vous ne parlez pas

À l'issue de la réunion éditoriale de *Rancor*, Vanessa Abrams sortit de Constance Billard comme un ouragan et dévala les marches. Ses cheveux ne voletaient pas derrière elle, ils ne rebondissaient pas joliment sur ses épaules parce qu'elle se rasait le crâne et n'avait quasiment pas de cheveux. Et elle ne devait pas non plus s'inquiéter de se tordre les chevilles à cause de ses talons parce qu'elle n'en mettait pas. En fait, elle ne portait jamais de chaussures, uniquement des bottes. De gros écrase-merde, avec des bouts en fer.

Si Vanessa était aussi pressée, c'était parce que Ruby lui avait donné une liste de cochonneries à acheter à la boutique bio en sortant de l'école et elle devait absolument être rentrée chez elle avant que ses parents n'arrivent, au cas où elle aurait oublié de supprimer toutes les preuves de ses films. Ils ne devaient surtout pas les trouver et découvrir la vérité.

En bas des marches, elle faillit rentrer dans la dernière personne qu'elle avait envie de voir. Dan, son ex-meilleur ami et petit copain. Ses cheveux châtain clair étaient bien coupés, avec de longues pattes qui encadraient sa mâchoire sérieuse, et il portait un costume gris, vraisemblablement français et hors de prix. Pas mal pour un type qui, auparavant, ne se coupait les cheveux que quand il ne voyait plus rien et mettait les mêmes pantalons marron en velours côtelé jusqu'à ce que le bas soit tout effiloché et les genoux, troués.

Vanessa tira sur ses jambières de laine noire et croisa les bras sur sa poitrine.

— Salut.

Qu'est-ce que tu fous ici, bordel ?

— Salut, répondit Dan. J'attends Jenny, lui expliqua-t-il. J'ai trouvé un petit boulot aujourd'hui. Je voulais lui annoncer la nouvelle.

— Tant mieux pour toi, rétorqua Vanessa.

Elle attendit qu'il ajoute autre chose. Après tout, c'était lui qui l'avait trompée avec cette salope de Mystery et c'était lui qui avait carrément trahi sa cause pour devenir célèbre. Il pourrait au moins s'excuser *pour ça.*

Dan resta muet, ses yeux passant de son visage aux portes de l'école puis se reposant sur elle. Vanessa devina qu'il mourait d'envie de lui parler de son nouveau job mais elle n'allait pas lui donner ce plaisir ni le questionner dessus.

Elle sortit un tube de vaseline de la poche de son bomber noir et s'en appliqua sur les lèvres. C'était le truc qu'elle possédait qui ressemblait le plus à du gloss.

— J'ai vu ta sœur à l'intérieur. Elle discutait avec son prof de dessin ; elle ne va pas tarder.

— Alors quoi de neuf ? s'enquit Dan pile au moment où elle allait tourner les talons.

Vanessa le soupçonnait de lui demander ça uniquement pour qu'elle *lui* retourne la question à son tour ; ainsi pourrait-il lui annoncer qu'il venait d'être nommé pour le prix Pulitzer ou une autre connerie du genre.

— Mes parents arrivent ce soir, répondit-elle, se dégonflant quelque peu. Tu sais comme ça a toujours eu le don de m'éclater, ajouta-t-elle en le regrettant aussitôt.

Ça ne faisait aucun bien de leur rappeler qu'ils connaissaient tout l'un de l'autre maintenant qu'ils ne s'adressaient plus la parole.

— Enfin bref, salut.

— Ouais, fit Dan en levant la main et la gratifiant d'un grand sourire, le genre de sourire hypocrite de connard qu'il n'avait jamais su faire jusqu'à ce qu'il se mette à fréquenter des défilés de mode avec des agents faux culs et de célèbres poétesses cinglées et salopes.

— C'est bon de te revoir, ajouta-t-il.

C'est bon de te revoir aussi, pauvre con, répondit Vanessa en silence en longeant Lexington Avenue d'un bon pas pour prendre le métro pour Williamsburg.

En fait oui, c'était bon de revoir Dan et elle aurait aimé discuter davantage avec lui. Elle aurait voulu lui dire combien les personnages que se créaient incessamment ses parents, du style : « Nous sommes des artistes, écoutez-nous rugir », étouffaient la moindre once de créativité en elle. Qu'ils ne savaient même pas qu'elle réalisait des films, alors que c'était en gros la seule chose qu'elle aimait faire. Qu'ils ignoraient que sa candidature anticipée à l'Université de New York avait été acceptée, uniquement grâce à la force de son art. Et qu'ils ne devineraient jamais, pendant toute la durée de leur séjour de deux semaines, que le placard de sa chambre était rempli à ras bord de matériel de cinéma et de ses vieilles vidéos préférées. Aussi ironique que cela puisse paraître, Ruby – l'enfant qui n'avait jamais mis les pieds à la fac, qui portait tout le temps des pantalons de cuir alors qu'elle se prétendait végétarienne, et qui était bassiste dans un groupe bizarre de musique de garage presque exclusivement masculin – était la créative, la chouchou.

Ouais. Dan se serait régalé. Enfin, s'ils s'adressaient encore la parole, évidemment.

Arrivée à Williamsburg, elle sortit du métro à toute allure et se précipita dans la boutique de produits bio à quelques pâtés de maisons. *Mozzarella de soja, lasagnes sans blé, tempeh*..., lut-elle sur la liste que lui avait donnée Ruby. Ce soir, sa frangine concoctait ses célèbres lasagnes au tempeh de soja en l'honneur de ses parents. Pour cette raison, aussi, Vanessa se sentait exclue. Elle était carnivore, et Ruby et ses parents étaient végétariens.

Elle sortit un bocal de tempeh du réfrigérateur de la boutique. « Tu ressembles même pas à de la bouffe », lui dit-elle en le jetant dans son panier. Elle secoua la tête et sourit tristement en descendant l'allée à la recherche du rayon « sans blé ». Son père parlait toujours aux objets inanimés. Cela faisait partie de sa mystique d'« artiste loufoque ». Mais Vanessa n'était pas – encore – vraiment une artiste, et si elle ne trouvait personne à qui parler à part un bocal de substitut de viande bio dont elle n'aimait même pas le goût, elle serait pire que loufoque : elle serait bonne à enfermer.

« Pourquoi tu ne sors pas avec tes amis ? » lui demandait systématiquement Ruby chaque fois qu'elle avait l'air particulièrement triste, amère et seule. Vanessa traitait cette question comme elle avait toujours traité la question : « Pourquoi tu ne portes pas des couleurs et tu mets toujours du noir ? » Parce que, pour elle, le noir *était* une couleur – la seule et unique couleur. Tout comme Dan était son seul et unique ami. Ce serait bizarre quand ses parents l'interrogeraient à son sujet, et encore plus bizarre de ne plus avoir personne avec qui traîner pendant les vacances.

À moins… à moins qu'elle ne trouve quelqu'un.

I apprécie une vraie fausse fourrure

Il était là ! Jenny dévala les marches de l'école quatre à quatre. Leo – diminutif de Leonardo, clairement représentatif de Leonard de Vinci, grand pour ne pas dire *le plus grand* artiste à ses yeux –, Leo, *son* Leo l'attendait à la sortie des cours comme un vrai petit ami, *le meilleur* petit ami au monde. Supergrand et superblond, avec des yeux bleus joyeux, une dent de devant adorablement ébréchée et une démarche élastique. Et il était à elle, *tout à elle* !

— Regarde, ton frère est là ! lui dit Elise Wells, sa nouvelle meilleure amie, alors qu'elle courait rejoindre Leo.

À quelques mètres, Dan l'attendait, voûté, les mains dans les poches, comme si elle avait encore dix ans et qu'il venait la chercher à la sortie des classes.

Jenny se releva sur la pointe des pieds et embrassa Leo sur la joue, sous l'œil de son frère.

— Salut, chuchota-t-elle à l'oreille du jeune homme, se sentant extrêmement mature.

Avec un peu de chance, toute sa classe – non toute l'école – l'observait d'un air envieux.

— Tu es toute chaude, murmura Leo en prenant sa

petite menotte dans sa main maladroite et dégingandée.

Son poignet effleura accidentellement son sein et il rougit.

Jenny Humphrey était minuscule ; c'était la plus petite des troisièmes mais elle avait les plus gros nichons de toute l'école ou peut-être du monde entier. Ils étaient tellement énormes qu'elle avait envisagé d'avoir recours à une réduction mammaire mais, après réflexion, elle avait décidé qu'ils faisaient partie d'elle *à part entière* et avait donc choisi de les garder. Et pour avoir vécu avec eux pendant quatorze ans, elle s'était habituée à ce que les gens rentrent accidentellement dedans tellement ils débordaient, mais Leo se demandait clairement qu'en faire.

Et pour cause.

— Alors, où va-t-on ? lui demanda-t-il d'une voix à peine audible.

Au début, Jenny avait eu du mal à le comprendre vu qu'il ne parlait qu'en petits murmures bas et préférait l'e-mail au téléphone. Mais après réflexion, elle trouva ça génial que personne ne pût raisonnablement entendre ce qu'il lui disait. Comme s'ils avaient leur langage rien qu'à eux. Et cela le rendait encore plus inquiet et mystérieux, comme quelqu'un au passé obscur.

Dan avait entendu parler de Leo Berensen, le garçon que Jenny avait connu sur Internet mais ne l'avait jamais rencontré. Il s'approcha d'eux et se présenta.

— Alors tu es en seconde ? À Smale ? Il paraît que les arts graphiques sont vraiment super là-bas.

— Ouais, répondit inaudiblement Leo. (Ses yeux noisette effleurèrent le visage de Dan. Jenny s'accrocha à son bras et le regarda, tout sourires, comme si ses paroles venaient de sauver le monde.) Vraiment super.

— Cool, répondit Dan, quelque peu ennuyé de s'être donné le mal d'aller chercher sa sœur à l'école pour frimer sur son stage à la *Lettre rouge* et que cet idiot de blondinet lui vole la vedette.

— Euh, désolée de vous interrompre les gars, mais si on allait, genre, *quelque part* ? les implora Elise à l'extérieur de leur petit cercle. Je fais de l'hypothermie.

Pas étonnant : son uniforme gris plissé était remonté si haut que la jupe recouvrait à peine ses fesses. Le style d'Elise avait toujours été « quand-une-petite-bourge-rencontre-une-salope-au-rabais » mais ces derniers temps, elle donnait plus dans la salope-au-rabais.

— Et si on prenait le bus pour rentrer chez moi tous ensemble ? pépia Jenny d'un ton joyeux. (Elle ne s'était jamais sentie aussi… *demandée* de toute sa vie.) Peut-être que papa sera à la maison. Il meurt d'envie de te connaître, dit-elle à Leo.

Dan sourit intérieurement en les suivant de la 5e Avenue à la 96e Rue. Disons plutôt que son père ne ferait qu'une bouchée de Leo au déjeuner.

Elise marchait à ses côtés, les manches de son pull rose tirées sur ses mains pour les réchauffer.

— Alors tu es un vrai poète, hein ? lui demanda-t-elle lorsque le bus s'arrêta et qu'ils montèrent dedans.

Jenny et Leo étaient déjà assis côte à côte, main dans la main. Dan s'installa rapidement juste derrière eux et Elise, à côté de lui.

— Je déteste l'écriture créative. Notre prof croit qu'on a tous des tas d'idées tout le temps – et qu'on a plus qu'à les écrire. Mais chaque fois qu'on a un devoir sur table, je suis en panne d'inspiration. Tu vois ?

Dan ne voyait pas. Pour lui, les devoirs sur table d'écriture créative étaient de purs dons du ciel. Il avait tellement d'idées qu'il ne trouvait pas le *temps* de toutes les coucher sur papier. Mais c'était plutôt rafraîchissant de parler à quelqu'un qui le considérait comme *un vrai poète.*

— En fait, je viens d'apprendre que je vais faire un stage à la *Lettre rouge* pendant les vacances de Pâques. Je suis hyper content. Tu sais, ce genre de stage est super dur à obtenir.

Elise pencha la tête et serra les lèvres.

— La lettre quoi ?

— Tu sais, la *Lettre rouge*, c'est la publication trimestrielle littéraire avant-gardiste qui marche le mieux au monde.

— Oh, dit Elise en le regardant de biais, comme si elle essayait de vérifier s'il était encore plus mignon de profil.

Oui, si on veut, surtout avec ses nouvelles rouflaquettes branchouille.

— Je pourrai lire tes poèmes ? lui demanda-t-elle effrontément.

Jenny se retourna. Alors comme ça, Elise flirtait avec son frère ? Elle leva les yeux sur Leo et envisagea de lui en toucher deux mots à l'oreille mais il n'était pas du genre langue de pute.

Gonflant, ça s'écrit comment déjà ?

Mais il la surprit brusquement en se penchant vers elle et en chuchotant à son oreille :

— Tu vois le manteau de fourrure de la femme en face de toi ? C'est de la fausse, mais on pourrait croire que c'est du J. Mendel à cause de la couleur. La plupart des fausses fourrures sont faites en une seule couleur mais le vrai vison existe dans des tas de teintes différentes. J. Mendel fabrique les meilleures fausses fourrures.

Jenny contempla le manteau de la femme sans trop savoir que faire de cette nouvelle. Bizarre qu'un mec s'y connaisse en fausse fourrure. Elle ne lui avait pas encore demandé ce que faisaient ses parents dans la vie. Peut-être étaient-ils importateurs de fourrures russes exotiques ou braconniers ou autres.

— Comment… ?

Elle tourna la tête pour lui répondre mais Leo regardait fixement par la vitre tandis qu'ils traversaient Central Park à toute allure, tellement plongé dans ses pensées qu'elle ne voulait pas l'interrompre. Fixant le trou noir dans son oreille gauche, elle se demanda s'il n'était pas partiellement sourd, d'où ses marmottements. Il avait même une petite cicatrice dans le cou, provenant sûrement de la varicelle, ou d'un coup de feu.

Elle serra sa main plus fort. Que c'était merveilleux d'avoir un Leo, un Leo sauvage et merveilleusement mystérieux !

Avertissement: tous les noms de lieux, personnes et événements ont été modifiés ou abrégés afin de protéger les innocents. En l'occurrence, moi.

salut à tous !

MOI, GLORIEUSE MOI

Il semblerait que ces derniers temps, tout le monde, tout le beau monde, parle de *moi*. C'est flatteur, c'est clair, mais c'est aussi complètement vain. Il n'existe de meilleur endroit pour passer inaperçu que Manhattan, où toutes les éminentes personnalités font au minimum semblant de ne pas vouloir être reconnues. Vous savez, quand des célébrités telles que Cameron Diaz sortent systématiquement avec des casquettes de base-ball et des lunettes de soleil pour se cacher ? Les gens normaux n'ont pas besoin de le faire, parce que dans ce cas, vous attirez immédiatement l'attention sur vous et tout le monde essaie constamment de deviner qui vous êtes, ce qui est justement le but. À la base, je raffole de ce genre d'attentions, *j'adore ça* ! Alors pourquoi je m'en passerai en révélant qui je suis ? Mais bon, si par hasard vous êtes un certain mec qui me fait complètement craquer et que ça vous intéresse de savoir qui je suis, je pourrais très bien dévoiler mes secrets d'alcôve…

VOS E-MAILS

Q: Chère GG,

Je me demandais ce que tu pensais de l'idée de prendre une année sabbatique au lieu d'entrer à la fac pour suivre un groupe que j'adore en tournée. Je pourrais gagner de l'argent en vendant des biscuits ou des *tie-dyed* sur le parking de leurs concerts, ou autre chose, et découvrir la vie. Mes parents tiennent à ce que j'entre à la fac mais je me suis dit que ce serait plus cool de faire ce que je veux, tu vois.

— cheese.

R: Salut cheese,

Je ne sais pas. Pour moi ça n'a rien du meilleur plan du siècle. J'espère que tu n'as pas craqué pour le chanteur de tel ou tel groupe, hein ??? Parce qu'il risque pas de tomber fou amoureux de toi, même s'il te voit au premier rang de ses concerts tous les soirs pendant un an, et encore moins si tu vends des biscuits sur le parking. En plus je crois que ce sera cool d'aller à la fac. Différemment cool mais *hyper* cool. Je sais que les musiciens dans des groupes sont super sexy mais d'après mes sources, les facs sont remplies de groupes de mecs, et vous pourrez vivre et *dormir* sur le même campus. C'est pas cool tout ça ?

— GG

ON A VU

N et ses potes dans le parc, allumer des joints. Un mythe, croyons-nous. **G**, sa petite copine cinglée héritière d'un magnat de l'acier, en virée shopping chaperonnée par une infirmière de son centre de désintox chez **Darien Sport Shop**, Connecticut, pour s'acheter une mignonne tenue de ski **Bogner** et les derniers skis ultrarapides **Rossignol**. **C**, lui aussi chez **Darien Sport Shop** avec sa mère, acheter une nouvelle planche de snowboard et reluquer **G**, **S** et **O** chez **Barneys** au rayon linge de nuit et sous-vêtements, faire des provisions de trucs de filles en prévision de leur soirée pyjama à durée illimitée chez **S**. **D** au rayon revues littéraires de **Coliseum Books**, bachoter pour son futur job. **V** filmer des pigeons roucoulant sur la fenêtre de sa chambre. Elle est tombée si bas ? Et un couple d'artistes d'âge moyen, qui pourraient ressembler à **V** si elle avait des cheveux gris filasse, au vernissage de leur expo de sculptures d'objets trouvés à la **Holly Smoke Gallery** dans le Meatpacking District. Une œuvre était réalisée à partir d'une roue de fromage de Brie moisi et d'un lit pneumatique. Allez savoir.

Plus que deux jours avant les vacances et demain soir, la fête. Mais d'ici là…

Vous m'adorez, ne dites pas le contraire.

gossip girl

o est tout excitée rien qu'en regardant ses chaussures

— Tu peux dormir ici, dit Serena à Olivia en tirant avec elle ses sacs marins Louis Vuitton pleins à ras bord dans la chambre d'Erik. Mon frère a emporté la télé, la chaîne et tout le reste, donc c'est un peu vide mais on traînera surtout dans ma chambre…

— C'est bon, fit Olivia en balayant la pièce du regard.

Par rapport au décor somptueux de l'appartement des van der Woodsen, la chambre était très peu meublée. Un lit-bateau d'époque une place se tenait sous des doubles fenêtres deux fois plus grandes qui donnaient sur la 5e Avenue, le Met et Central Park. À côté, une longue commode basse et, en face, un bureau et une chaise, le tout dans le même bois foncé que le lit. Par terre un tapis turc tissé dans des teintes bleu marine et mandarine. La porte de l'armoire était à moitié ouverte de sorte qu'Olivia entraperçut la vieille veste de denim d'Erik sur un cintre.

La jeune fille respira l'odeur de bois et de renfermé qui flottait dans la pièce. La perspective de dormir dans la tanière d'un garçon plus âgé, qu'elle ne connaissait pas bien, l'excitait étrangement.

— Ça te dérange si je défais mes bagages ?

— Bien sûr que non, vas-y, répondit Serena en s'affalant sur le lit et en extirpant un magazine *Playboy* de sous le matelas de son frère, fronçant son nez parfaitement droit à mesure qu'elle le feuilletait.

Les deux filles étaient beaucoup trop délurées pour que la vue d'un *Playboy* les fasse hurler et leur donne des boutons : elles savaient parfaitement ce que faisaient les garçons quand ils étaient seuls dans leur chambre.

Olivia sortit des pantalons de son sac et ouvrit l'armoire. À côté de la veste en jean, deux chemises blanches J. Press boutonnées au col et aux poignets râpés étaient suspendues près d'un smoking noir Hugo Boss à peine porté. Par terre, dans l'armoire, des tennis Stan Smith tout pourris, et une boîte à chaussures Prada.

Olivia jeta un œil à Serena mais celle-ci était complètement hypnotisée par *Playboy*. Elle s'agenouilla, en se demandant quel genre de personne pouvait partir sans emporter ses pompes Prada. La boîte noire était poussiéreuse et, quand elle souleva le couvercle, elle ne trouva pas de chaussures mais un petit carnet marron en cuir relié. Tout doucement, elle le sortit et l'ouvrit à la première page.

J'arrive pas à croire que j'écris dans un putain de journal comme une putain de nana mais je me suis bourré la gueule à la tequila à la soirée du bac à la Case et au lieu de pioncer ivre mort comme un mec normal, je flippe comme un fou, bordel. On vient d'avoir le bac. On va entrer à la fac. Je ne sais pas qui je suis ni ce que je fais ni qui je veux être et voilà que j'abandonne tous mes repères, et PUTAIN *! Serena a vachement de bol, elle vient* *de rentrer au lycée, et je pourrai lui expliquer pourquoi on fait tout un plat de la fac, comme ça elle saura. Mais* MOI *personne me dira rien. Et je vais sûrement pas aller voir mes potes pour leur raconter que je flippe comme un fou. Ils ne parlent que des filles qu'on pourra baiser. Et je suis sûr qu'y en aura, à moins que je devienne l'un de ces abrutis qui vit tout seul et qui sort jamais de sa chambre dont on doit finalement forcer la porte à cause de l'odeur. Putain, c'est dingue. Je vais me pieuter.*

Olivia tourna les pages pour en savoir plus mais le reste du carnet était vide. De toute évidence, Erik avait décidé que tenir un journal intime n'était pas pour lui. Son cœur battait à tout rompre lorsqu'elle relut la seule et unique entrée. C'était fou, non, que cet Erik van der Woodsen, un garçon qu'elle connaissait à peine, avait si fidèlement retranscrit ce qu'elle ressentait depuis des semaines ?

Elle se leva et se dirigea vers une photo de famille dans un cadre argenté qui trônait sur la commode du jeune homme. Les van der Woodsen étaient étalés sur une plage, en maillot de bain, tout bronzés, cheveux blond clair, sourire Ultrabrite, et immenses yeux bleu foncé. Olivia devina que Serena avait quatorze ans sur la photo parce qu'elle avait encore la frange qu'elle portait en fin de quatrième et qu'elle avait laissé pousser en troisième. Erik devait donc avoir dix-sept ans. Dans son short de surf bleu abîmé par les intempéries, son corps était musclé et prêt à l'action mais son visage était légèrement fatigué, comme s'il avait passé la nuit à faire la fête. Ou peut-être était-il triste.

Pourquoi ne m'en suis-je jamais rendu compte ? se demanda Olivia.

Derrière elle, Serena tournait les pages de *Playboy* dans un froissement de papier.

— Erik a une copine ? s'enquit Olivia à voix haute.

— On a qu'à lui demander ! proposa son amie en jetant le magazine par terre et en attrapant le téléphone, un sourire malicieux sur le visage.

Elle avait l'habitude de déranger Erik à Brown minimum trois fois par semaine pour pleurnicher sur sa vie amoureuse, ou sur son manque de vie amoureuse, tandis que lui se plaignait de sa gueule de bois permanente.

— Salut, pervers ! Je viens juste de lire ton *Playboy* dégueu avec Demi Moore en page centrale. Elle a quel âge déjà ? Cinquante ans, genre ?

— Et alors ? répondit Erik en bâillant.

— Tu réalises la chance que t'as de plus te faire traîner de force dans les soirées gonflantes de bienfaisance de papa et maman ?

— C'est quoi ce soir ?

— Demain soir. Un truc d'art au Frick, répondit Serena d'un ton las. Ça ne vaut même pas le coup d'acheter une nouvelle robe. Olivia et moi, on va se prêter des fringues comme ça elles feront toutes neuves. Enfin bref, elle veut te demander quelque chose.

Puis, sans prévenir, Serena lança le téléphone à son amie.

Olivia l'attrapa. « Allô ? » entendit-elle dire Erik. Elle mit l'écouteur à son oreille.

— Salut, c'est Olivia. Euh, je squatte ta chambre. J'espère que ça te dérange pas ?

— Bien sûr que non. Hé, tu sais que, y a un moment, ma sœur m'a dit que t'angoissais pour Yale à cause de ton entretien merdique et tout ça...

Les yeux d'Olivia s'écarquillèrent d'horreur. L'entretien qu'elle avait foiré était la dernière chose qu'Erik avait besoin de savoir sur elle. Serena était une sacrée...

— Y a pas de quoi stresser, poursuivit-il. Mon entretien pour Brown a été hyper retardé et ma demande anticipée a été acceptée. Je sais que t'es une bête au tennis, que tu participes à une chiée de trucs de charité et Serena m'a dit que tes notes étaient géniales. Alors te prends pas la tête, OK ?

— OK, promit Olivia d'une voix tremblante.

Pas étonnant que Serena appelle tout le temps son frère. C'était le mec le plus sexy, le plus mignon au monde !

— Au fait, tu viens à Sun Valley avec nous pour les vacances ou quoi ? lui demanda-t-il.

Olivia ôta d'un coup de pied ses ballerines turquoise et remua ses orteils vernis de rouge. Elle aimait bien la sensation mate et rêche du tapis d'Erik sous ses pieds nus.

— Je suis censée aller à Hawaii avec ma famille.

— Non, c'est faux ! s'interposa Serena depuis le lit. C'est pas vrai ! hurla-t-elle suffisamment fort pour que son frère entende. Elle vient à Sun Valley avec nous !

— Tu ne veux pas *vraiment* aller à Hawaii, hein ? lui demanda Erik d'un ton mi-doux, mi-moqueur. Tu préférerais cent fois skier avec nous.

Olivia examina le visage du jeune homme sur la photo. Lui avait-il toujours parlé sur ce ton familier, sur ce ton qui voulait dire « je sais que tu as envie de moi » ? Avait-elle toujours été aussi sourde ? Elle s'imagina flâner près du feu avec lui au bar du Sun Valley Lodge. Elle jouerait ses Marilyn Monroe quand elle était hypermince et brûlante, vêtue d'une veste de lapin blanc, de son jean Seven préféré et de ses après-skis blancs en peau de mouton qu'elle avait achetés en janvier et n'avait jamais portés. Il serait… Ernest Hemingway, délibérément mâle et viril, porterait l'un de ces pulls camionneurs bleu marine moulants qu'affectionnaient toujours les pisteurs secouristes sexy, à moitié dézippé. Ils siroteraient du brandy tiède et regarderaient les ombres projetées par les flammes trembloter sur leurs visages pendant qu'elle caresserait ses muscles forts et chauds sous son T-shirt.

Trois ans plus tôt, Erik ignorait qui il était, ce qu'il faisait ou ce qu'il voulait faire mais, aujourd'hui, il avait assurément trouvé. Rien que l'idée de dormir dans son lit ce soir était extrêmement réconfortant. Elle pourrait même enfiler un de ses vieux T-shirts, pour que l'ambiance soit parfaite.

— Oui, dit Olivia de sa plus belle voix haletante à la Marilyn Monroe. Oui, je viendrai.

Et toi, mon mignon, t'es bon pour une petite gâterie.

n peut-il résister à une surfeuse canon à l'haleine de shootée ?

Le lendemain, après l'entraînement de lacrosse et avant de rentrer chez lui se préparer pour la soirée de bienfaisance au Frick, Nate fit un détour par le Scandinavian Ski Shop sur la 57e Rue Ouest afin de s'équiper pour Sun Valley. Il faisait du ski et du snowboard pratiquement depuis sa naissance et était déjà hyper bien équipé mais toutes ses affaires se trouvaient dans sa maison dans le Maine – et en plus, c'était le genre de courses qu'il adorait.

Le Scandinavian Ski Shop, spécialisé en combinaisons de ski Bogner bordées de fourrure à mille dollars et en après-skis de fourrure réservés au gratin de Madison Avenue, affichait un décor bidon de forêts tyroliennes, avec ses murs lambrissés de bois et ses épaisses moquettes murales vert foncé. C'était malgré tout la meilleure boutique de ski de tout New York.

Nate se dirigea directement au fond du magasin où se trouvaient les skis et les planches de snowboard. Il fourra ses mains dans les poches de son treillis et contempla les planches entassées contre le mur. Instantanément, ses yeux se posèrent sur une Burton bordeaux décorée d'une feuille de marijuana verte. Le mot *normal* était peint au pochoir à une extrémité et le mot *abruti*, à l'autre bout. Il caressa du pouce le bord de la planche.

— Elle est trop mortelle si vous aimez les bosses, fit une voix féminine éraillée qui dérivait vers lui.

Il se retourna et aperçut une petite blonde aux cheveux courts et au nez retroussé qui l'observait. Elle portait un sweat Roxy à capuche vert olive et un pantalon de surf Roxy gris clair. Ses yeux noisette étaient profondément enchâssés comme ceux d'un chiot. Ou peut-être était-elle déchirée.

— Vous travaillez ici ? lui demanda-t-il.

La fille sourit. Ses dents étaient toutes petites et rapprochées.

— Parfois. Quand je suis en vacances. Je vais à Holden, dans le New Hampshire. Je suis capitaine de l'équipe féminine de snowboard.

Elle continua à sourire un peu trop longtemps et Nate en conclut qu'elle était bien raide défoncée.

— Je peux vous aider ? lui proposa-t-elle.

Il tapota la planche bordeaux.

— Je crois que je vais prendre celle-là. Et j'ai besoin de chaussures de ski et de fixations.

La fille continua à sourire en cherchant, parmi un tas de boîtes, une paire de bottes Raichle dans sa pointure et les meilleures fixations K2 sur le marché.

— J'ai fait la démo de ce combiné à Stowe le week-end dernier. (Elle s'agenouilla auprès de lui pour l'aider à fixer les chaussures.) Ça a déchiré grave !

Nate se leva et regarda d'en haut son pull dont la fermeture était descendue juste au-dessus de son décolleté. Elle ne portait pas de soutien-gorge, juste un marcel blanc, et il voyait tout.

Elle lui sourit en tenant son pied chaussé.

— Ça vous va ?

Il envisagea de lui prendre la main et de l'emmener dans une cabine d'essayage. Il imaginait même que sa bouche aurait ce goût d'herbe fumée qu'il aimait tant, ce goût post-fumette-de-bon-hasch. C'était bizarre mais depuis qu'il avait arrêté de se défoncer, il était, en gros, tout le temps excité. Et avoir une petite copine en désintox qui ne pouvait recevoir des visites *que sous surveillance* n'arrangeait rien.

Georgie, Georgie, Georgie. Il avait hâte d'être à Sun Valley. Ils skieraient toute la journée et baiseraient toutes les nuits. Y a pas mieux, comme plan, non ?

— Vous pouvez me les monter tout de suite ? lui demanda-t-il, brusquement pressé.

La fille rassembla les fixations et retira la planche à la bonne taille du portant.

— Je vais vous monter tout ça.

Non ? Pas possible !

En attendant, Nate flâna devant un tas de bonnets qu'il essaya. Il en choisit un vert bruyère duveteux avec des oreillettes et un long pompon au-dessus – très « quand-muesli-rencontre-Ralph Lauren ».

— Pas moyen, murmura-t-il en se regardant dans le miroir.

En général, il n'accordait pas trop d'importance à son look ou à ses fringues – il n'en avait pas besoin ! – mais il voulait être cool pour Georgie. Il reposa le bonnet vert à sa place et essaya une espèce de casquette de base-ball noire en laine polaire avec des oreillettes que l'on pouvait remonter, genre la version moderne du chapeau de chasse d'Elmer Fudd.

— Ça vous va super bien ! s'exclama la vendeuse en

revenant avec sa planche. (Elle l'adossa à un portant de vêtements et se dirigea vers Nate, descendant délicatement les oreillettes sur ses oreilles parfaites.) Vous l'adorez, ne dites pas le contraire, ajouta-t-elle d'une voix rauque.

En effet, son haleine était à la hauteur de l'imagination de Nate. Il s'humecta les lèvres.

— Comment vous appelez-vous ?

— Maggie.

Il hocha lentement la tête. Le bonnet était agréable sur sa tête. Il pourrait à tout moment dézipper le haut de Maggie. Lui proposer de partager un joint. Il pourrait le faire. Mais il ne le ferait pas.

Il enleva son bonnet et le fourra sous son bras.

— Merci infiniment pour votre aide. Hum, moi c'est Nate Archibald. Ma famille a un compte ici ?

Maggie lui tendit sa planche et ses nouvelles chaussures de ski dans un sourire déçu.

— Peut-être que je vous rentrerai dedans sur une piste un jour.

Nate tourna les talons, halluciné par sa volonté de fer. Il était tellement concentré que même le coach aurait été impressionné.

Comme s'il n'était pas encore hyper excité.

gossipgirl.net

thèmes ◀précédent suivant▶ envoyer une question répondre

Avertissement: tous les noms de lieux, personnes et événements ont été modifiés ou abrégés afin de protéger les innocents. En l'occurrence, moi.

salut à tous !

VERTU VS. VICE

Alors, alors, tout le monde va se faire traîner de force à cette soirée de bienfaisance Vertu vs. Vice avec ses parents au Frick ce soir ? Je l'espère – au moins, comme ça, je me sentirai moins seule dans mon malheur. Naturellement nous savons tous que s'ils insistent autant, c'est uniquement pour pouvoir nous comparer aux autres, discuter des universités dans lesquelles nous avons postulé et savoir qui a déjà été accepté, ce qui a le don de nous rendre fous vu que c'est le dernier des sujets que l'on a envie d'aborder en ce moment. En plus, il n'existe pas d'endroit plus vieux jeu pour s'éclater. C'est vrai quoi, faire la fête au Frick, c'est comme faire la fête dans la maison de campagne de notre grand-mère.

Je sais, je suis ingrate – une soirée, c'est une soirée, et vous savez que j'adore me faire belle. Mais je préfère les teufs sans les parents, pas vous ? Le seul truc cool, c'est qu'ils seront tellement occupés à essayer de s'en mettre mutuellement plein la vue qu'ils ne prendront pas la peine de nous engueuler parce qu'on fume aux toilettes. En gros, si on fait quoi que ce soit un tant soit peu gênant, ils n'auront qu'à prétendre qu'ils ne nous connaissent pas. Essayons donc de nous marrer un peu, OK ? Compris ? Vous avez déjà hâte d'être à ce soir, pas vrai ?

Je garde vos e-mails et impressions pour après la fiesta du siècle.

On se voit là-bas !

Vous m'adorez, ne dites pas le contraire.

gossip girl

quand les upper west siders méprisent les incultes

— Mesdames et messieurs, veuillez vous asseoir ! brailla Rufus Humphrey en apportant à table un plat de saucisses grésillantes aux pommes et bananes flambées au rhum.

Jenny l'avait tellement fait culpabiliser d'avoir été absent quand elle avait amené Leo chez eux la veille qu'il avait insisté pour qu'elle l'invite à dîner ce soir avec Elise. Non pas que son père ait sorti le grand jeu pour impressionner ses invités : comme d'habitude, il portait un maillot de corps blanc taché de nourriture et son pantalon de jogging gris préféré, plein de brûlures de cigarettes et hyper ample au cul. Ses cheveux gris bouclés et ses monstrueux sourcils gris saillaient sporadiquement sur son visage mal rasé, et sa bouche et ses dents étaient maculées de vin rouge.

— On ferait mieux d'y aller, fit Jenny en éteignant la télé dans la bibliothèque et en gratifiant Leo d'un grand sourire. Tu vas être obligé de goûter à la cuisine bizarre de papa. Fais attention, l'avertit-elle, il met de l'alcool partout !

Leo regarda sa montre, fourra ses mains dans les poches de son jean et les ressortit. Il paraissait nerveux.

— D'accord, dit-il.

— Son père n'est pas aussi effrayant qu'il en a l'air, le rassura Elise.

Elle enfila ses sabots roses J. Crew et se dirigea tranquillement dans la salle à manger comme si elle avait habité chez Jenny toute sa vie.

Dan les rejoignit à la table de salle à manger vieillotte. Il lisait un numéro de la *Lettre rouge* et ne leva même pas les yeux lorsque son père flanqua une banane entière et une saucisse mutilée dans son assiette. Une fois que tout le monde fut servi, Rufus remplit son verre de vin à ras bord et le brandit en l'air.

— Et maintenant, place à notre petit jeu de poésie ! s'exclama-t-il.

Dan et Jenny se regardèrent en levant les yeux au ciel de chaque côté de la table.

En temps normal, Jenny se fichait bien des quiz à deux balles de son père, et de ses grands discours, mais vu que Leo était là, c'était trop la honte. « *Papa !* » gémit-elle. Il ne pouvait pas se comporter normalement pour une fois ?

Rufus l'ignora.

— *Where are we going Walt Whitman ? / The doors close in an hour. / Which way does your beard point tonight ?!* (Il pointa un doigt plein de graisse de saucisse vers Leo.) Le nom de ce poète !

— *Papa* ! protesta Jenny en frappant la table en bois qui tombait en ruine.

Tout dans le quatre-pièces grand et informe des Humphrey, situé à l'angle de la 99e Rue et de West End Avenue, se délabrait. Mais qu'espérer d'autre quand vous n'aviez ni mère ni femme de ménage pour nettoyer derrière vous ?

— Oh, allez, il est facile, celui-là ! hurla Rufus à Leo.

Le vinyle qu'il avait mis juste avant de servir le repas s'enclencha brusquement et les étranges tyroliennes péruviennes haut perchées de Yma Sumac emplirent la pièce. Rufus se resservit un verre de vin, attendant impatiemment une réponse du jeune homme.

Leo le gratifia d'un sourire poli.

— Euh… je ne sais pas si je connais…

Dan se pencha vers lui et lui murmura bruyamment à l'oreille : « Allen Ginsberg. *A Supermarket in California*. Facile. »

Jenny donna un coup de pied à son frère sous la table. Était-il obligé de se la jouer Monsieur-je-sais-tout ?

Rufus serra les dents.

— *But I have promises to keep, / And miles to go before I sleep*, le défia-t-il, fixant Leo de ses yeux brun terne globuleux.

Les cheveux blonds du jeune homme semblaient presque transparents sous le regard impitoyable de Rufus, lui donnant envie de rentrer sous terre.

— Euh…

— *Papa* ! s'écria Jenny pour la troisième fois. *Mon Dieu !*

Elle savait que son père essayait juste de jouer les superpapas-trop-délirants, histoire de compenser les six soirs où son frère et elle avaient mangé des plats tout prêts devant la télé, mais ne comprenait-il pas que la poésie n'était pas le truc de Leo ?

— Même moi je le connais, commença Elise, Robert Frost. *Stopping by Woods on a Snowy Evening*. J'ai dû l'apprendre par cœur en quatrième. (Elle se tourna vers Dan.) Tu vois, je m'y connais un peu en poésie.

Rufus piqua une saucisse avec sa fourchette et la flanqua dans l'assiette de Leo.

— Où allez-vous à l'école, d'ailleurs ?

Leo s'essuya la bouche du revers de la main.

— À Smale. À la Smale School, monsieur.

Ses yeux traversèrent la table comme des flèches pour se poser sur Jenny, qui l'encouragea d'un sourire.

— Hmmm, répondit Rufus en prenant une saucisse avec ses doigts et en la coupant en deux d'un coup de dents. (Il fit passer le tout avec une gorgée de vin.) Jamais entendu parler.

— C'est une école spécialisée dans l'art, expliqua Dan.

— Et la poésie n'est pas un art ? rétorqua Rufus.

Jenny ne pouvait rien avaler. Elle était trop en colère contre son père. En temps normal il était plutôt sympa, dans son genre bourru et grognon. Pourquoi était-il si vache avec Leo ?

— Un stage à la *Lettre rouge*, fit Rufus en levant son verre à l'attention de son fils. Je n'arrive toujours pas à le croire.

M. Humphrey avait une malle remplie de poèmes non lus et inachevés dans son bureau et bien qu'il fût lui-même éditeur, il n'avait jamais été publié. Voilà que Dan embrassait la carrière d'auteur qu'il n'avait jamais eue.

— Bravo ! grommela-t-il. Mais ne te mets pas à parler avec des accents de faux culs comme tous ces salopards !

Dan se rembrunit, se rappelant l'accent allemand difficile à comprendre de Siegfried Castle. Il ne lui avait pas du tout paru faux cul.

— Que veux-tu dire ?

Rufus gloussa en attaquant sa banane.

— Tu verras bien. Mais bref, je suis fier de toi, fiston. Continue comme ça et tu seras poète lauréat pour tes vingt ans.

D'un seul coup, Leo sortit de table.

— Excusez-moi, je dois y aller, dit-il.

— Non ! s'écria Jenny en se levant d'un bond.

Elle s'était imaginée qu'ils dîneraient rapidement, qu'Elise rentrerait et que Leo et elle iraient dans sa chambre, s'embrasseraient un moment et feraient peut-être leurs devoirs ensemble. Elle pourrait même peindre son portrait s'il était d'accord.

— S'il te plaît, reste !

— Désolé, Jenny. (Leo se tourna vers Rufus et lui tendit la main avec raideur.) Ravi de vous avoir rencontré, monsieur Humphrey. Merci pour ce délicieux dîner.

Rufus agita sa fourchette en l'air.

— Ne vous y habituez pas trop, fiston. La plupart du temps, on mange chinois.

C'était la vérité. Pour Rufus, faire des courses se résumait à acheter du vin, des cigarettes et du papier-toilette. Jenny et Dan auraient souffert de malnutrition s'ils n'avaient pas appris à commander leurs repas par téléphone.

Jenny accompagna Leo à la porte.

— Tu vas bien ? lui demanda-t-elle, inquiète.

Il la gratifia de son sourire timide aux dents ébréchées.

— Ouais. Je pensais juste que l'on mangerait un peu plus tôt. Il faut que je rentre et que... (Il s'arrêta, fronça les sourcils et noua une écharpe de cachemire noire et rouge toute neuve autour de son cou. « Burberry » disait l'étiquette. C'était la première fois que Jenny la voyait sur lui.) Je t'envoie un e-mail, ajouta-t-il avant de disparaître dans le couloir pour prendre l'ascenseur.

Jenny retourna à table et Rufus la regarda d'un air médusé en arquant ses sourcils broussailleux.

— J'ai dit quelque chose de mal ?

L'adolescente darda un regard noir sur lui. Elle ignorait pourquoi Leo était parti si vite mais le mettre sur le dos de son père était la solution la plus simple.

— Oh, allez, Jen, poursuivit son père, sans pitié. Il n'a pas inventé la poudre, c'est vrai, mais il doit faire un bon petit copain.

Jenny se leva.

— Je vais dans ma chambre.

— Tu veux que je vienne ? lui proposa Elise.

Jenny s'aperçut que son amie était ravie de discuter poésie avec Dan. Elle s'était même servi un verre de vin.

— Non, c'est bon, marmonna-t-elle.

Tout ce qu'elle souhaitait, c'était se coucher sur le ventre sur son lit et penser à Leo, seule.

Elise but une gorgée de vin.

— Je ne vais pas tarder, de toute façon. (Elle jeta un coup d'œil à Dan sans quitter Jenny des yeux d'un air de dire : *Tu sais quoi ? J'aime bien ton frère.*) Je crois que je vais écrire un poème quand je serai chez moi.

Ouais, très bien…

Une fois dans sa chambre, Jenny s'étendit sur son lit une place et regarda sa chambre, ses peintures et son chevalet vide d'un air maussade.

Elle était persuadée que Leo n'était pas bête, bien que ce poème d'Allen Ginsberg fût un classique. En fait, il était sûrement beaucoup plus intelligent qu'eux tous, mais ça se voyait moins, c'était tout. Elle se rappela la première fois qu'elle avait posé les yeux sur lui chez Bendels avant qu'ils ne fassent connaissance sur Internet. C'était au rayon cosmétiques et il farfouillait dans les trousses de maquillage Bendels aux rayures marron et blanches ; il était le seul client homme de tout le magasin. Que faisait-il là, d'ailleurs ? C'était un mystère. Et cette remarque qu'il avait sortie hier, comme ça en passant, sur la femme au manteau de faux vison ? Et sa nouvelle écharpe Burberry ? Apparemment il était expert en… *jolies choses*. Et pourquoi ne l'avait-il pas encore invitée chez lui ? Sa maison devait être magnifique. Et il ne lui avait pas parlé une seule fois de ses parents. Les mystères de Leo continuaient à s'accumuler.

Et rien ne fait plus plaisir à une fille que de décoder les secrets d'un homme-mystère.

ce qui est marrant pour un artiste est débile pour un autre

Le deuxième soir de leur séjour, les parents de Vanessa les amenèrent, Ruby et elle, à la galerie qui exposait leurs sculptures d'objets trouvés.

La galerie était immense et lumineuse, avec des sols de bois clair et des murs blancs. Au milieu de la plus grande salle, un gros cheval de trait marron et blanc dévorait gaiement une salade César géante dans un énorme saladier de bois. À côté du cheval était posé un seau en plastique bleu d'où dépassait une fourche à foin. Chaque fois que le cheval crottait, l'Allemande chic assise derrière le bureau près de la porte de la galerie se levait d'un bond de sa chaise pivotante, ramassait ses excréments avec la fourche et les jetait dans le seau.

Ruby, la sœur de vingt-deux ans de Vanessa, caressa le museau de l'animal et lui donna des Tic Tac à la menthe forte, les lumières de la galerie rebondissant sur son pantalon de cuir pourpre.

— C'est Buster. Il est mignon, non ? fit leur mère, Gabriela, en admirant le cheval. Nous l'avons trouvé dans le jardin de notre communauté en train de manger de la laitue. Son propriétaire a été un ange d'accepter que nous l'empruntions.

Elle fit passer sa longue natte grise par-dessus son épaule et en caressa le bout. Le caftan africain aux couleurs criardes qu'elle avait décidé de mettre ce soir flottait sur ses épaules carrées comme une nappe pourpre, jaune et verte, avec un trou au-dessus pour faire passer sa tête. Fuyant la mode dans son ensemble, Gabriela préférait les « costumes tribaux » et aimait se prendre pour un « mannequin universel ». Elle portait même des mocassins mexicains en peau de cochon sauvage.

Buster *était* mignon, d'accord, mais en quoi était-il artistique ? se demanda Vanessa. Elle s'approcha d'un truc cloué au mur, pour constater que c'était une chaîne de râpes à fromage en métal. Des morceaux de fromage orange séché étaient même collés sur certaines.

— Tu es probablement en train de te dire : « J'aurais pu le faire », fit remarquer Arlo Abrams, son père.

— Pas vraiment, répondit Vanessa.

Pourquoi donc voudrait-elle faire une chaîne de râpes à fromage ?

Arlo s'approcha d'elle en traînant les pieds, vêtu d'une longue cape péruvienne poussiéreuse de laine noire, d'une jupe de chanvre lui arrivant à la cheville – oui, oui, une jupe ! – et de tennis de toile blanche. C'était Gabriela qui se chargeait de l'habiller, sinon il ne prendrait même pas la peine de le faire. Ses longs cheveux gris se déployaient en éventail sur ses épaules et, comme d'habitude, il avait les traits tirés et l'air inquiet. Vanessa était quasi sûre que son côté soucieux était lié à tout l'acide qu'il avait pris quand il était jeune. Et qui sait, peut-être en prenait-il encore.

— Ferme les yeux et passe tes mains là-dessus, lui ordonna Arlo en attrapant sa main.

Son haleine sentait le tempeh grillé que Ruby avait

mis dans ses lasagnes la veille ou peut-être était-ce le vieux fromage dans les râpes ?

Vanessa ferma les yeux, se demandant si était enfin venu l'instant où elle comprendrait le génie et le but de l'œuvre de ses parents. Elle laissa son père poser ses doigts sur les petites protubérances dures et pointues des râpes. Cela revenait ni plus ni moins à toucher des râpes à fromage. Elle ouvrit les yeux.

— Ça donne la chair de poule, pas vrai ? fit Arlo, dont les yeux noisette étaient pleins de tics.

C'est clair, ça donne la chair de poule.

À l'autre bout de la salle, Ruby et Gabriela se tenaient à côté d'un pot de terre – une autre de leurs œuvres d'art d'objets trouvés – et gloussaient comme des gamines de dix ans.

— Qu'est-ce qu'il y a de si drôle ? s'enquit Vanessa, songeant qu'elles parlaient probablement d'un des copains musiciens bizarres de sa sœur, genre.

Puis elle constata que l'Allemande blonde snobinarde derrière son bureau avait ébauché un sourire.

— Quoi ? répéta Vanessa.

Arlo pouffa et passa ses doigts tachés de peinture dans ses longs cheveux gris, l'air extrêmement content de lui.

— Ce sont des graines dans ce pot de terre, murmura-t-il, les yeux écarquillés. Tu sais, des *graines* !

Euh ??

Vanessa avait toujours été une solitaire à l'école, avec son crâne rasé et sa tendance à ne porter que du noir, mais en général, sa solitude était volontaire. Là, elle *désirait* comprendre la blague, sincèrement, du fond du cœur. Mais elle ne la *comprenait pas.* Et si pour ses parents, l'art se résumait à un cheval mangeant de la salade, à des ustensiles de cuisine cloués à un mur ou à un pot de terre rempli de graines, ils ne risqueraient pas de saisir l'intensité obscure de ses films morbides et subtils. Et elle ne risquait pas de partager ses films avec eux un jour. Pas moyen.

— Prêts à mettre les voiles ? demanda Gabriela, près du pot de terre.

Les Rosenfeld, les amis hippies de ses parents depuis qu'ils avaient fait les Beaux-Arts ensemble, les avaient invités à une espèce de soirée artistique de bienfaisance et ils avaient décidé d'y traîner leurs filles.

— Où on va, au fait ? s'enquit Vanessa d'un ton sceptique quand ils sortirent de la galerie pour attendre un taxi.

Elle s'imaginait passer le reste de la soirée à danser pieds nus autour d'un feu dans une espèce de parc de sculptures dans le Queens pour attirer les esprits du printemps ou une autre connerie hippie du genre.

— Dans un endroit qui s'appelle le Frick. C'est dans la 5e Rue, je crois.

Gabriela se mit à fouiller dans son sac informe, qu'un ami lui avait confectionné avec des pneus de tracteur recyclés.

— J'ai l'adresse quelque part, poursuivit-elle.

— C'est sur la 5e Avenue, confirma Vanessa. Je sais où c'est.

Et elle était quasi sûre qu'il ne risquerait pas d'y avoir beaucoup d'hommes en jupe.

Non, mais ce serait vachement plus drôle.

panick au frick

Le Frick était la résidence new-yorkaise de Henry Clay Frick, magnat de l'acier et du coke de l'ère industrielle. M. Frick était un grand collectionneur d'art européen et, à sa mort, son hôtel particulier avait été transformé en musée.

La soirée de bienfaisance Vertu vs. Vice se déroulait dans le Living Hall, une grande pièce lambrissée de chêne et jonchée d'un tapis persan, qui exposait des tableaux de grands artistes du XVIe siècle, tels que le Greco, Holbein et Titien. Au milieu d'un mur trônait l'une des sculptures de bronze de Giam Bologna, *Vertu triomphant du Vice*. Et au centre de chaque immense table ronde recouverte, pour la soirée, de nappes crème et d'argenterie étincelante, figurait une réplique de la même sculpture de vingt-cinq centimètres de haut, entourée d'une guirlande de tulipes pourpres.

Comme si tout le monde s'intéressait à l'art.

Des femmes en robes haute couture sur mesure et des hommes en smokings grouillaient autour des tables ou au bar, grignotaient des beignets au canard trempés dans de l'eau-de-vie de prune et parlaient de tout sauf de l'art.

— Vous avez vu la petite van der Woodsen dans cette pub pour ce nouveau parfum ? murmura Titi Coates à Misty Bass.

— Cette fausse larme, c'était vraiment exagéré. C'est franchement de l'exploitation, vous ne trouvez pas ? déclara Misty Bass.

Elle désigna d'un signe de tête entendu Olivia et Serena qui entraient dans la salle en compagnie de M. et Mme van der Woodsen. Puis les filles partirent chercher à boire.

— Tu dois avoir de plus gros seins que moi, lança Serena à Olivia en remontant la robe noire Donna Karan qu'elle lui avait empruntée.

Comme elles faisaient le même tour de poitrine, elle s'était dit que la robe tiendrait bien mais à chaque fois qu'elle faisait un pas, elle sentait qu'elle descendait de quelques centimètres.

— Ouais, mais tu es plus mince.

Olivia ne le reconnaîtrait sûrement pas mais la robe de cocktail Milly rose de son amie se déchirait peu à peu sous les bras et sur les coutures du corsage depuis qu'elle avait remonté la fermeture. De temps à autre elle entendait un petit « crac » à mesure que les fils se défaisaient mais, avec un peu de chance, la robe résisterait jusqu'à ce qu'elles rentrent chez elles.

Tout le monde semblait boire des cocktails mais les serveurs étaient introuvables.

— Qu'est-ce qu'on fout là, dis-moi ? pleurnicha Olivia.

— Je ne sais pas. C'est comme ça ; c'est tout, répondit Serena d'un air penaud.

— S'ils n'ont pas de vodka Ketel One cette année, je me barre, marmonna Olivia.

L'an dernier, elle avait dû se rabattre sur de l'Absolut, tellement ringard que ça en était presque préhistorique.

— N'est-ce pas merveilleux de revoir les filles

ensemble ? souffla la mère d'Olivia à l'oreille de Mme van der Woodsen. Serena n'aurait pas dû partir en pension. Nous, les filles, nous avons besoin de proximité.

— Oui, tout à fait, répondit Mme van der Woodsen d'un ton froid en détournant ses yeux bleus du gros ventre d'Eleanor.

Toutes deux avaient toujours été amies mais avoir un bébé à près de cinquante ans était franchement trop vulgaire. Et cet énorme promoteur immobilier, moustachu et lourdingue, qu'elle avait épousé, c'était la goutte d'eau.

— Oh, regardez, voici Misty Bass. Allons lui dire bonjour.

Misty avait laissé Titi Coates se disputer avec sa fille Isabel pour savoir si elle devrait, ou pas, avoir une voiture pour son bac et à présent elle était assise seule avec son fils Chuck, à commérer comme d'habitude. C'était une blonde austère en robe or Carolina Herrera et en bijoux vintage Harry Winston ; quant à Chuck, c'était un pauvre diable, un abruti de première à la beauté trompeuse, en costume gris Prada aux très fines rayures vertes et longue veste croisée.

En fait, Chuck *était* le diable incarné et cherchait constamment de nouveaux moyens d'exprimer son côté maléfique. Mais patience, nous y viendrons plus tard.

— Bientôt la cinquantaine et presque enceinte de sept mois, murmura Misty Bass à son fils. Qu'en pense ton amie Olivia ?

Chuck haussa les épaules. Comme s'il en avait quelque chose à foutre. À la grosse fête qu'avait organisée Serena pour le Nouvel An, il avait proposé à Olivia de perdre sa virginité avec lui, vu qu'il était expert en défloraison. Mais à son grand agacement, celle-ci avait catégoriquement refusé. Ces derniers temps, il avait viré homo, au moins pour tuer l'ennui.

Ou pour avoir une excuse pour s'épiler les sourcils.

— Elle a sûrement dû se faire encore plus vomir, observa cyniquement Chuck, faisant allusion au petit problème de boulimie d'Olivia qui n'était plus vraiment un secret. De toute façon, elle partira de chez elle juste après la naissance du bébé.

— Il paraît qu'elle entrera en clinique après le bac pour régler le problème une bonne fois pour toutes, ajouta Misty Bass. C'est vrai ?

Mais son fils ne l'écoutait plus. À l'autre bout de la pièce se tramait un petit drame et il ne voulait louper ça pour rien au monde.

Nate n'avait pas revu Olivia depuis qu'elle l'avait suivi jusque dans son centre de désintoxication à Greenwich, Connecticut, voilà quelques semaines. Lors de sa seule et unique apparition en thérapie de groupe, la conseillère l'avait forcée à reconnaître haut et fort, devant tout le monde, qu'elle était boulimique, bien que Olivia eût insisté pour l'appeler « régurgitation due au stress ». L'apparition théâtrale de son ex à la clinique aurait pu amuser Nate mais, à ce moment-là, il commençait tout juste à sortir avec Georgie et gérer deux cinglées en même temps était bien trop compliqué pour lui. Heureusement Olivia avait aussitôt compris que son plan d'attaque se retournait contre elle et décidé sur-le-champ que la désintox était indigne d'elle.

Comme si elle tenait réellement à passer ses samedis après-midi à raconter que, occasionnellement, elle se fourrait un doigt dans la gorge au lieu d'aller acheter des chaussures avec Serena. Non merci.

Et Serena ? Nate ne se rappelait même pas la dernière

fois qu'il l'avait vue, mais comme d'habitude elle était glamour et posée, dans son genre charmant et discret bien à elle. D'habitude, Nate aimait bien rester à un endroit dans une soirée et laisser les gens venir vers lui s'ils avaient envie de parler mais cette fois, il décida d'aller leur dire bonjour. Pourquoi pas, bordel ? Si Olivia ne lui adressait pas la parole, Serena si.

Serena fut la première à le voir arriver. Elle fit tomber la cendre de sa cigarette sur la table de marbre précieux de l'hôtel particulier qui lui faisait office de cendrier.

— Nathaniel Archibald ! s'exclama-t-elle, en partie pour prévenir son amie mais aussi parce qu'elle était agréablement surprise. Notre Nate disparu depuis si longtemps !

— Bordel de merde ! dit Olivia en écrasant sa Merit Ultra Light avec le talon pointu de ses chaussures de soirée Manolo Blahnik en satin noir. Fais chier !

Serena ne savait pas si Olivia jurait parce que Nate était la dernière personne qu'elle avait envie de voir ou parce qu'il était plus sexy que jamais dans son smoking Armani classique.

Il n'y a rien de plus épatant qu'un beau gosse en smoking, même si vous êtes censée le détester.

— Salut, dit Nate en embrassant Serena sur la joue.

Il fourra ensuite ses mains dans les poches de son smoking et gratifia Olivia d'un sourire prudent. Elle tournait son rubis autour de son auriculaire, comme toujours quand elle était nerveuse. Sa coupe courte faisait encore plus saillir ses pommettes, ou peut-être avait-elle perdu du poids. Quoi qu'il en fût, elle avait l'air quelque peu... féroce. Douce et féroce à la fois.

— Salut, Olivia, dit-il.

La jeune fille enfonça ses ongles dans sa paume. Elle avait besoin d'un autre verre.

— Salut. Alors, la désintox ?

— Fini. Pour moi en tout cas. Cette fille que je vois – Georgie –, elle y est encore.

— Parce qu'elle se drogue ? répliqua Olivia en finissant sa vodka d'un trait.

La musique de big band tapageuse qui passait et que personne n'avait remarquée s'arrêta brusquement, jetant un froid.

— On se bourre la gueule, lança Serena avant qu'Olivia ne pût faire quelque chose de fou, genre couper la tête de Nate du tranchant de la main dans une prise de karaté. Plus qu'un jour de cours et c'est les vacances !

Nate arrêta un serveur d'un signe de la main et prit d'autres verres de vodka.

— Vous allez dans un endroit cool, les filles ?

— Sun Valley, comme d'hab, répondit Serena.

Olivia resta plantée à siffler son deuxième verre et à espérer que : a) Nate s'en aille ; b) qu'il ne soit pas aussi beau et clean ; c) qu'il cesse d'être aussi absurdement amical ; et d) que Serena arrête elle aussi d'être amicale.

— Olivia nous accompagne. Elle vient d'avoir son billet.

Nate sortit un paquet de Marlboro de sa poche et fourra une cigarette entre ses doigts. Il l'alluma précautionneusement, jeta un œil à son ex à travers la flamme puis détourna les yeux.

— On dirait que moi aussi j'y vais, finit-il par dire. La mère de Georgie a une maison près de la montagne. On devrait skier ensemble.

Olivia sentit son estomac gargouiller et glouglouter dans la robe trop serrée de Serena.

— Je reviens de suite. (Elle donna son verre vide à son amie.) Tu devrais chercher notre table pour que l'on aille s'asseoir.

— Olivia habite chez moi pour quelque temps, expliqua Serena à Nate en l'observant se précipiter aux toilettes pour dames.

Brusquement, elle se sentit comme la grande sœur protectrice d'Olivia et se réjouit de pouvoir l'aider.

— Sa mère transforme sa piaule en chambre de bébé pour sa future petite sœur. C'est la merde, non ?

Nate tenta d'imaginer à quoi ressemblait la vie d'Olivia maintenant qu'elle avait un nouveau beau-père, un nouveau demi-frère et une petite sœur en route. Il n'alla pas loin.

— T'as l'air différent, constata Serena en le détaillant des pieds à la tête. (Elle arqua un sourcil parfaitement épilé et lui fit un grand sourire.) T'as l'air *en forme.*

Nate et Serena avaient toujours eu envie l'un de l'autre. Ils avaient même sauté le pas et perdu leur virginité ensemble l'été précédant leur année de seconde juste avant que Serena ne parte au pensionnat. C'était une sorte de désir purement physique, en revanche sans concession, et ils n'avaient plus recommencé depuis cette seule et unique fois.

— Je *suis* en forme, reconnut Nate.

Il envisagea de lui dire qu'il avait arrêté de se défoncer mais qu'il n'avait toujours pas été nommé capitaine de lacrosse. Qu'il avait hâte de retrouver Georgie tellement ils s'entendaient bien. Mais il n'était pas trop du genre exubérant.

— C'est cool que vous alliez à Sun Valley, dit-il simplement. On devrait bien se marrer.

— *Devrait* bien se marrer ? répéta Serena en le

prenant dans ses bras dans sa spontanéité naturelle et en mettant du gloss rose sur sa joue. Normalement je devais juste skier avec mon chieur de grand frère. Ça va déchirer, oui !

Nate résista à son étreinte, tentant de calmer son excitation. Mais maintenant qu'il ne fumait plus d'herbe, la simple odeur d'un parfum féminin ou l'effleurement d'une main suffisaient à le faire rougir, surtout lorsque tout cela émanait d'une fille aussi canon que Serena.

Elle sortit une cigarette du paquet de la poche à sa poitrine et passa devant lui en le frôlant.

— Je ferais mieux d'aller voir comment va Olivia. À plus, OK ?

Nate l'observa s'en aller et chercha son portable à tâtons dans la poche de son pantalon de smoking. Georgie se trouvait probablement dans sa chambre à Breakaway en ce moment, tranquille, ou faisait ce qu'ils laissaient leurs patients faire après dîner, mais peut-être l'infirmière en service serait-elle assez sympa pour accepter qu'ils fassent l'amour au téléphone.

Il composa le numéro et posa le portable contre son oreille avant de lever les yeux. Chuck Bass le fixait depuis sa place à côté de sa mère recouverte de bijoux, l'air extrêmement gay en effet. Et rien que l'idée que Chuck pût craquer pour lui suffit à réprimer l'urgence de son coup de fil dans le Connecticut. Il rangea le téléphone dans sa poche et alla chercher sa table, sans même prendre la peine de songer aux rumeurs que Chuck avait déjà commencé à colporter sur Serena et lui.

vertu vs. vice

Vanessa comprit que ça avait été une erreur de venir à la minute où elle posa les yeux sur la robe or de Misty Bass. Quelle importance que son père porte un poncho de laine et une jupe – elle, elle avait gardé son uniforme d'école !

Mais ses parents ne semblaient pas gênés le moins du monde.

— Regarde papa récupérer sa conso gratuite, murmura Ruby à son oreille. Il est carrément au paradis !

— Ils devraient monter le son pour que tout le monde puisse danser, fit remarquer leur mère en claquant les doigts et en exécutant des petits sauts dans ses mocassins.

Elle était probablement la seule femme de la soirée à ne pas être en talons – même Vanessa et Ruby arboraient des bottes plates-formes.

Un murmure d'horreur étouffé traversa la salle.

— *Qui c'est*, bordel ? demanda Chuck à sa mère.

Misty Bass étant l'une des grandes dames de la jet-set new-yorkaise, elle connaissait tout le monde.

— Je ne sais pas, répondit-elle. Mais j'adore les hommes en jupe. Quel courage il faut !

— Tu sais, je reconnais ces deux-là, dit Titi Coates

à son époux. Ce sont les artistes du vernissage où nous sommes allés hier – celle avec le merveilleux cheval !

« Gabby ! Arlo ! »

Une femme en robe noire élégante qui traînait par terre, les cheveux châtains méchés attachés en chignon banane hypersophistiqué, faisait énergiquement signe aux Abrams depuis une table dans un coin.

— Ça doit être Mme Rosenfeld, j'imagine, dit Vanessa en entraînant ses parents vers la femme qui gesticulait.

Smack smack.

— Nous sommes *enchantés* de vous voir ! s'écria Pilar Rosenfeld en déposant deux baisers sur les joues des Abrams. N'est-ce pas merveilleux, Roy ? ajouta-t-elle en touchant le bras de son mari en smoking nickel. Nous voici de nouveau réunis après toutes ces années !

— Formidable ! acquiesça Roy Rosenfeld de sa voix grave sémillante.

Les Rosenfeld avaient fait les Beaux-Arts avec les Abrams et ne portaient alors que des *tie-dyes*, des jeans coupés et pas de chaussures, bien que tous deux vinssent de familles fortunées de Nouvelle-Angleterre. Visiblement, leur époque pieds nus était révolue.

À côté de M. Rosenfeld, un grand garçon aux cheveux bruns, arborant des lunettes Armani à monture en métal et au nez impressionnant, regardait Vanessa de haut, comme s'il essayait de la situer.

— Jordy, tu te souviens de Gabriela, Arlo, Ruby et Vanessa ? lui demanda sa mère.

Le garçon resta toujours aussi hautain.

— Je crois que la dernière fois que je t'ai vue, tu n'étais qu'un bébé mais je suis presque sûr que tu avais plus de cheveux.

Vanessa venait juste de remarquer Serena van der Woodsen et Olivia Waldorf assises, dans toute leur splendeur, à la table à côté : elles lui firent encore plus prendre conscience qu'elle portait son uniforme d'école.

— La dernière fois que je t'ai vu, tu étais en couches *tie-dyes*.

Jordy remonta ses lunettes sur l'arête de son immense nez.

— Eh bien, maintenant je suis à Columbia et je prépare l'entrée à la fac de droit.

Ruby s'assit à la table et se servit une énorme coupe de champagne.

— Maman ? Papa ? Ça va, vous deux ?

Leurs parents restaient debout, bien droits, bien calés l'un contre l'autre comme l'une de leurs statues d'objets trouvés. Vanessa se demanda s'ils s'attendaient à danser pieds nus autour d'un feu pour accueillir l'arrivée du printemps plutôt qu'à être assis à un dîner en tenue de soirée.

— Je t'en prie, dit M. Rosenfeld en tirant la chaise vide à côté de lui et en faisant signe de s'asseoir à la mère de Vanessa.

— J'adore ta jupe, fit Mme Rosenfeld en montrant du doigt la tenue accidentellement tendance d'Arlo. Ce ne serait pas Galliano par hasard ?

Celui-ci la fixa d'un air interdit. Un serveur en veste blanche apporta le premier plat, une terrine de canard. Arlo donna des petits coups avec sa cuillère à dessert, pour vérifier s'il était encore vivant. La mère de Vanessa prit sa serviette et se moucha dedans. Ruby s'étrangla de rire et pouffa dans son champagne.

— Crées-tu toujours pour la paix ou as-tu laissé tomber ? demanda Gabriela à Pilar.

Pilar sourit.

— Roy et moi travaillons dans l'immobilier. Jordy veut faire du droit lui aussi, quand il aura terminé ses études. Laisse tomber – nous n'avons même plus le temps de recycler !

Les parents de Vanessa blêmirent. Le recyclage, c'était le propre de leurs œuvres d'objets trouvés ! Sans recyclage, leur art et eux-mêmes n'existeraient plus.

— Bien, c'est dommage, dit Gabriela en regardant son pâté en fronçant les sourcils. Et si je leur demandais une salade, qu'en pensez-vous ?

Vanessa s'attaqua à son pâté, ravie de la tournure trop marrante des événements.

— Dans quelle branche du droit veux-tu te spécialiser ? demanda-t-elle à Jordy.

Il chassa la fumée de cigarette de ses narines bizarrement longues. Derrière lui, Olivia Waldorf et Serena van der Woodsen fumaient comme des pompiers tandis que la mère enceinte d'Olivia engloutissait ce qui restait dans leurs assiettes.

— Probablement l'immobilier, comme mes parents.

Vanessa hocha la tête. Difficile de comprendre que l'on désire imiter ses parents quand les vôtres étaient de tels excentriques. Mais le manque d'imagination de Jordy était aussi étrangement séduisant. Et il n'était pas moche non plus, avec ses beaux cheveux bruns ondulés qu'il devait manifestement passer bien du temps à coiffer. Et ce nez ! Ça ne dérangerait pas Vanessa de l'utiliser dans un film.

— J'aime bien tes lunettes, lui dit-elle.

Ce n'était pas parce qu'elle avait le crâne rasé qu'elle ne savait pas flirter.

— Merci. (Il les ôta puis les rechaussa.) Tu es en terminale, non ? Tu sais dans quelle fac tu rentres l'an prochain ?

Vanessa darda un regard noir sur Ruby, la défiant de lâcher l'information comme quoi elle avait été acceptée à l'université de New York. Mais elle garda le silence en toute loyauté, ce qui était un défi immense pour le moulin à paroles qu'elle était.

— Quelle importance ? dit Arlo d'un ton ronchon. N'importe quelle fac pouvant l'aider à découvrir ce qui la passionne fera l'affaire.

Gabriela tira sur sa longue natte grise et posa ses yeux noisette sur Vanessa d'un air absent.

— C'est vrai, tu rentres à la fac l'an prochain ! (Elle se tourna vers Pilar.) Arlo a toujours espéré que Vanessa entrerait à Oberlin. Je ne sais pas d'où il a sorti cette idée. Après tout, c'est une école de Beaux-Arts.

— Je suis sûre qu'il y aura bien une fac assez bête pour m'accepter, dit Vanessa d'un ton calme.

— Bravo, chérie, c'est comme ça qu'il faut réagir ! pépia Pilar. Et dire que, pendant ce temps, vous deux vivez seules à Williamsburg ! ajouta-t-elle, changeant de sujet. Ça alors, comme vous êtes indépendantes !

— Ruby devrait vivre de sa musique, s'exclama Gabriela, en rajoutant une couche. Son groupe va bientôt signer dans une maison de disques.

Vanessa se fendit d'un petit sourire.

— Pendant que moi je reste assise à la maison toute la journée à manger des Pringles aromatisés à la viande et à regarder des films violents à la télé.

À côté d'elle, Jordy grommela, le seul de la tablée à avoir saisi la blague.

Le groupe se mit à jouer, un peu plus fort cette fois. Duke Ellington ou autre chose du même acabit. Chuck Bass exécuta un shimmy vers la table de Serena et Olivia, les mains sur les hanches, histoire d'en rajouter à sa gaytitude.

— Cette soirée serait beaucoup moins gonflante si vous dansiez avec moi, les filles.

Il se pencha vers le dos de leurs chaises et respira leurs cous nus.

Serena et Olivia se jetèrent un coup d'œil de côté. Leur seule échappatoire sûre était de piquer un sprint jusqu'aux toilettes pour dames pour fumer quelques cigarettes. Elles s'emparèrent de leurs verres, poussèrent leurs chaises à la va-vite et se levèrent d'un bond.

Craaaaaac !

Ziiiiiiiip !!

Oups !

La robe rose qu'avait empruntée Olivia se déchira indécemment de chaque côté, révélant qu'elle ne portait que des bas noirs très fins et aucun sous-vêtement. Pis encore, la robe sans bretelles de Serena s'accrocha au dos de sa chaise et descendit d'un coup jusqu'à sa taille, dévoilant son 90 B complètement nu.

— C'est bon, nous sommes entre filles, gloussa sottement Chuck.

— Ferme les yeux, chéri, lança Titi Coates d'un ton sec à son mari Arthur.

— Ça par exemple ! s'exclama Mme van der Woodsen en attrapant son verre par réflexe.

— Waouh ! souffla Nate, brusquement ravi de ne pas être défoncé.

Les filles pouffèrent hystériquement, s'agrippant frénétiquement l'une à l'autre en passant devant Chuck à toute allure et filèrent au vestiaire pour prendre leurs manteaux et se barrer du Frick aussi vite que le leur permettaient leurs talons de dix centimètres.

Personne à la table de Vanessa ne s'en rendit compte. Les parents Rosenfeld et Abrams étaient bien trop occupés à s'envoyer des piques alors que le groupe entamait la chanson d'Irving Berlin *Puttin' on the Ritz*.

Vanessa détestait danser mais elle attrapa la manche de la veste du costume hors de prix de Jordy.

— J'adore cette chanson. Tu danses ?

Jordy se leva et tira la chaise de la jeune fille, respectueux des règles et des usages qu'il était. Puis il l'entraîna sur la piste et la fit virevolter avec l'assurance et l'aisance de celui qui fréquentait une école de danse.

Vanessa se surprit à se sentir toute grisée quand il la fit tourner et tanguer. C'était un si bon danseur qu'elle oublia complètement son uniforme d'école débile.

Mais toutes les autres filles dans la salle n'oublieraient jamais.

gossipgirl.net

thèmes ◄précédent suivant► envoyer une question répondre

Avertissement: tous les noms de lieux, personnes et événements ont été modifiés ou abrégés afin de protéger les innocents. En l'occurrence, moi.

salut à tous !

CETTE SOIRÉE PRÉTENDUMENT RASOIR ET INUTILE À LAQUELLE NOUS AVONS TOUS DÛ ALLER

Alors, c'était pas dix mille fois mieux que ce que l'on craignait ? Plus que quelques heures avant les vacances de Pâques et voilà que nous aurons tous un sujet de discussion dans l'avion !
Mais ça m'empêchera pas de parler du thème dont je ne me lasserai *jamais*…

LE SEXE

D'accord, certaines l'ont fait et d'autres pas, mais la vérité c'est que l'on y pense toutes et que l'on en parle tout le temps. Il y a l'analyse « qui-l'a-déjà-fait-dans-notre-classe-et-avec-qui », qui conduit systématiquement à accuser une fille de l'avoir fait en sixième avec un prof. Un gros mensonge soit dit en passant parce que la fille en question, c'était moi. Puis vient le quiz « avec-qui-tu-le-ferais-si-tu-pouvais-le-faire-avec-qui-tu-voulais » qui découle habituellement sur une star, genre Jake Gyllenhaal. S'ensuit le débat autour du pénis, qui dégénère généralement en crise de rire et hurlements parce que, reconnaissons-le, un pénis c'est moche et bizarre. Enfin surgit le fantasme « ma-première-fois-idéale », qui porte forcément sur une célébrité. Pour une raison x ou y, mon fantasme de première-fois-idéale a toujours été avec Jake, sur une machine à laver, à l'aube – il se trouve que notre buanderie disposerait d'une vue géniale du lever du soleil sur l'East River. Mais ensuite j'ai réalisé que ce serait carrément pas confortable – et trop gênant si la bonne avait besoin de faire une lessive ! Inutile de dire qu'on ne se lasse pas de parler de sexe. Et maintenant que je vous ai raconté ma vie, à vous ! Ne soyez pas timides. Après tout, c'est complètement anonyme. À moins que vous ne vouliez pas rester incognito.

VOS E-MAILS

Q: Salut GG,
Hier soir j'étais à cette fameuse soirée, et je suis sûr de t'avoir repérée. Il y avait cette famille bizarre que je n'avais jamais vue. Le père portait des tennis et une jupe genre portefeuille. Tu te rases le crâne ?
x-treme

R: Cher(e) x-treme,
tes talents de détective sont admirables mais tu te plantes sur toute la ligne. Même si je me rasais le crâne, tu crois pas que je mettrais une perruque ou un chapeau tendance de temps en temps, surtout pour une soirée classe comme la fête d'hier soir ? Et je te rappelle que la seule fille dans la salle à avoir le crâne rasé hier soir était aussi en uniforme d'école,

ce que, j'insiste lourdement, je ne ferai *jamais au grand jamais*.

— GG

Q: Chère gossipgurl,

alors t'as vu S et N en train, genre, de le faire dans un coin de la salle au Frick hier soir ? ils sont tellement dans le déni que c'est de la folie ! comme s'ils refusaient de reconnaître qu'ils voulaient sortir ensemble ? ils feraient un super couple, tu trouves pas ?

— spec.tater.

R: Cher spec.tater,

moi penser que toi légèrement exagérer. S et N sont potes. On a pas le droit de se toucher quand on est potes ? Mais c'est difficile de ne pas croire qu'ils n'en profitent pas un peu plus qu'ils le devraient…

— GG

ON A VU

S et **O** mettre les voiles – sans les voiles ! – à la soirée de bienfaisance **Vertu vs. Vice** hier soir avant le dessert. Personnellement je suis sûre que **O** avait tout prévu et mis des fils de fer dans leurs robes pour pouvoir s'enfuir afin de ne pas se trouver dans la même pièce que **N**, trop sexy. **V** se barrer de la fête avec ce mec au nez hors du commun pour partager des cappuccinos dans l'intimité au **Three Guys Coffee Shop** à quelques pâtés de maisons. Le grand amour ? Ou elle essayait juste de se débarrasser de ses parents ?

Ou les deux ? Et le nouveau petit copain blondinet de **J, L** – ouais, on est pratiquement sûres que c'était lui –, arriver en retard au **Frick**, sur son trente et un dans un sublime smoking, **Mme T**, la célèbre bienfaitrice de l'art, à son bras. On l'a aussi vu dans l'Upper West Side hier soir, donc c'était peut-être qu'un autre blondinet mignon. Apparemment, ils pullulent dans ces coins-là.

Passez des vacances trop géniales et essayez de ne rien vous casser que je ne me casserais pas ou de ne rien perdre que je ne perdrais pas ! Hi hi hi hi hi…

Vous m'adorez, ne dites pas le contraire.

gossip girl

blanche-neige et l'équipe olympique hollandaise de snowboard

— La dernière fois que je suis venue, la maison était sur cette route, j'en suis sûre, insista Georgina, têtue. Mais tu ne connais pas ma mère. Elle serait carrément du genre à changer la baraque de place rien que pour m'emmerder.

Nate regarda par la vitre du taxi de Sun Valley les hallucinants hôtels particuliers en rondins qui bordaient la Wood River Drive de Ketchum, Idaho, ville principale de Sun Valley. Derrière eux s'érigeait le mont Baldy recouvert de neige, dont les flancs robustes alternaient entre des pistes de ski virginales impeccables et des andains de forêts denses de conifères. Plissant les yeux, le jeune homme parvint tout juste à distinguer les skieurs qui zigzaguaient sur les pistes, semblables à des fourmis. Sa planche toute neuve était bien au chaud à l'arrière du monospace dans sa valise rouge Burton rembourrée ; il avait hâte de l'essayer.

— Et si vous appeliez pour savoir où elle se trouve au juste ? suggéra le chauffeur en jetant un œil à Georgie dans le rétroviseur.

Le trajet de l'aéroport à la maison n'était censé

durer qu'une vingtaine de minutes mais ils tournaient en rond dans Sun Valley depuis trois quarts d'heure.

— Roulez, lui ordonna Georgina en flanquant lourdement sa tête sur l'épaule de Nate.

Le somnifère qu'elle avait taxé au vieux monsieur à côté d'elle dans l'avion faisait encore effet et, comme d'habitude, elle avait pété un câble. En plus, elle portait des sandales Miu Miu en satin pourpre et un petit débardeur noir tout fin, ce qui était quelque peu étrange au ski. Mais ses bras pâles et tout doux étaient super agréables dans les mains de Nate, et ses épais cheveux bruns tellement soyeux et somptueux qu'il s'en fichait. C'était cool d'être ensemble, en chair et en os, et plus au téléphone.

— Tu te souviens du nombre d'étages ? lui demanda-t-il, tentant de se rendre utile. Ou s'il y a, genre, un ruisseau ou autre chose devant ?

— Pas vraiment, répondit Georgie en bâillant. Je me souviens d'une fois, où on était venus pour Noël. Mamie et moi avions construit un bonhomme de neige ensemble. J'avais piqué un sac Fendi à ma mère pour le mettre au bras du bonhomme.

Vachement utile.

Le chauffeur redescendait tout doucement la route en direction de la ville. Il semblait avoir abandonné.

— Attendez une minute ! cria Georgie en se relevant sur le siège.

La voiture s'arrêta dans une embardée.

— C'est ici !

Elle se débattit avec la poignée et ouvrit la portière du monospace, se fichant totalement de descendre en plein milieu de la route dans un virage sans aucune visibilité.

— Viens ! cria-t-elle à Nate, impatiente.

Apparemment elle comptait sur le chauffeur ou sur le personnel de la maison pour s'occuper de ses bagages.

Nous aussi, non ?

Nate avait admiré l'immense maison de bois style ranch, grande et informe, les deux fois où ils étaient passés devant et s'était demandé qui vivait ici, si c'étaient des célébrités ou quoi, vu que sept Mercedes SUV noires identiques étaient garées devant.

— À qui appartiennent ces voitures ? demanda-t-il en suivant Georgie dans l'allée saupoudrée de neige menant aux imposantes portes en acier gratté de deux mètres et demi de haut.

Georgie mordit sa lèvre inférieure rouge sang d'impatience. Elle ne parut même pas se rendre compte que ses sandales de satin étaient déjà ruinées.

— J'imagine que quelqu'un savait que l'on venait. (Elle ouvrit les immenses portes d'un petit coup de coude.) Maman n'aime pas les verrous, expliqua-t-elle. Elle veut que ses amis fassent comme chez eux, même en son absence.

— Elle n'est pas là ?

Nate avait plus ou moins supposé, quand Georgie lui avait parlé des vacances, qu'ils traîneraient avec sa mère, l'aideraient à préparer le dîner, regarderaient des films ensemble jusqu'à ce qu'elle s'endorme sur le canapé puis monteraient baiser en cachette dans sa chambre.

— Nan. Elle est en République dominicaine, ou au Venezuela ou ailleurs. Elle va tout le temps dans le Sud en hiver.

Ils pénétrèrent dans l'entrée de la maison haute de plafond. Le sol était carrelé d'argile rouge. De grosses poutres de bois apparentes s'entrecroisaient au-dessus de leurs têtes. L'entrée menait dans un immense séjour en contrebas dont un mur entier de verre donnait sur les montagnes. Le séjour permettait d'accéder à une véranda en bois d'où s'élevait la vapeur d'un jacuzzi, dissimulant à peine les têtes des sept personnes qui barbotaient dedans.

— Génial, le jacuzzi est en marche ! s'écria Georgie d'une voix perçante. Le dernier arrivé apporte les verres !

Nate la laissa s'en aller en courant pendant qu'il contemplait le large escalier de planches qui menait au deuxième étage. Des vêtements jonchaient les marches et le rebord de fenêtre sur le palier au-dessus était recouvert de crânes ronds de chats sauvages.

Il traversa le séjour, où le soleil entrait à flots par le mur de verre, inondant son visage. Devant la grande cheminée de pierre se trouvait un tapis en peau de grizzly.

On devrait être en train de baiser sur ce tapis en ce moment, songea amèrement Nate, mais voilà qu'il devait aller discuter avec un tas d'inconnus qui barbotaient dans le jacuzzi de la mère de Georgie.

Ils étaient sept en tout, ce qui expliquait en quelque sorte les sept voitures, bien que s'ils fussent suffisamment à l'aise pour partager un jacuzzi, pourquoi ne pas avoir pris une seule Mercedes ? Georgie se trouvait déjà dans le jacuzzi, coincée entre un blond tout sourires et Chuck Bass. Et ils étaient tout nus.

— Georgina m'avait dit qu'elle avait quelqu'un dans sa vie, lança Chuck en regardant Nate d'un air concupiscent. (Son torse était recouvert de poils foncés épais.) Mais elle ne m'avait pas précisé qu'il s'agissait de l'ignoble Nathaniel Archibald !

Nate s'assit sur le banc de bois qui bordait la balustrade de la véranda. Il n'avait aucune envie de se tremper ni de se déshabiller, sûrement pas devant tous ces types.

— Et voici l'équipe olympique hollandaise de snowboard ! annonça Georgie en faisant un moulinet de son bras blanc neige en direction des sept blonds qui somnolaient tranquillement dans l'eau chaude. Chuck les a rencontrés sur la piste de demi-lune, juste avant qu'ils ne ferment les remontées mécaniques.

— Voici Jan, Franz, Josef, Conrad, Sneezy, Dopey et Gan ! Ne sont-ils pas sexy ? dit Chuck en s'enfonçant dans le jacuzzi de sorte que seuls ses yeux et son nez sortaient de l'eau. (Puis il refit surface.) Et je suis Blanche-Neige !

— Non, *c'est moi* Blanche-Neige ! insista Georgie.

— Enchanté, dit Nate, dissimulant à peine sa gêne.

Si Georgie était déjà toute nue dans un jacuzzi avec l'équipe olympique hollandaise de snowboard, alors qu'adviendrait-il de lui ? Certains devaient être gays, vu qu'ils traînaient avec Chuck, mais pas *tous*.

— Hé ! s'écria Georgie en éclaboussant le visage de Chuck. Arrêter de me pincer les nénés ! (Elle gratifia Nate d'un sourire doux.) La sœur de la mère de Chuck et de la mienne sont cousines. Enfin un truc du genre, expliqua-t-elle. On a perdu notre virginité ensemble en sixième.

Nate fourra ses mains dans les poches de son manteau. Il n'y avait pas grand-chose à répondre à cela, mais il réalisa qu'il en savait très peu sur Georgie. Elle était assurément pleine de surprises et, la plupart du temps, ce n'étaient pas de bonnes surprises.

Brusquement, elle sortit dans un gros plouf et fila dans la maison.

— Je vais nous chercher du champagne ! Et si tu n'es pas dans l'eau quand je reviens, Nate, c'est moi qui t'y foutrai, merde !

Mais Nate n'avait nullement l'intention d'y aller. Il se leva et suivit les traces de pas mouillés dans la cuisine. Georgie fouillait dans des cartons de champagne dans l'office de plain-pied. Son cul nu blanc s'affaissait sur les côtés parce qu'elle était trop maigre mais, à part ça, elle était parfaite.

— Je monte défaire les bagages, annonça Nate en donnant à Georgie l'opportunité de l'accompagner pour qu'il puisse *se déshabiller*, en privé.

— Comme tu veux, répondit-elle en passant en coup de vent devant lui, un magnum de champagne sous chaque bras.

Une fois en haut, Nate découvrit que ses vêtements avaient déjà été pliés et rangés dans un placard de cèdre dans l'une des chambres d'amis. Au lieu de défaire ses bagages, il passa donc rapidement les salles de bains en revue afin de se débarrasser de toutes les boîtes de médicaments ou autres que Georgie pourrait vouloir avaler pour rire. Si sa mère n'était vraiment pas là, c'était sa responsabilité de s'assurer qu'elle ne descendait pas une bouteille de Nyquil et ne mettait pas le feu à la maison, genre.

Quand il aurait terminé de vérifier que les salles de bains étaient bien Georgie-sécurisées, il appellerait sans faute Serena et Olivia. Parce que si Georgie et lui ne passaient pas de semaine romantique en amoureux, s'ils ne skiaient pas et ne couchaient pas ensemble, et si elle devait constamment péter les plombs, autant qu'il ait un peu de compagnie.

Et qui mieux que la supernana qu'il avait toujours désirée et que son ex-petite amie, vicieuse mais pas moins magnifique, pourraient l'aider à divertir sa camée de petite copine hyperactive et bonne à enfermer ?

quand le ski intéresse o

Lorsqu'elles arrivèrent enfin au Sun Valley Lodge, Olivia s'allongea sur le lit de leur chambre d'hôtel et regarda au-dehors les arbres sans feuilles et la neige, en se demandant si elle n'aurait pas mieux fait d'aller à Hawaii, finalement. Au moins, elle aurait pu bronzer.

« Toc, toc, cria Serena d'une voix perçante à la porte de la chambre à côté. Femme de ménage ! »

Elle hurla, tout excitée, lorsque son frère qu'elle n'avait pas vu depuis un bail, vint ouvrir et qu'ils s'étreignirent. Comme il sortait du sauna, Erik était en sueur mais c'était toujours son gros balourd adorable. Son ourson chéri.

« Attends, je vais me changer », l'entendit dire Olivia.

« Olivia se fiche bien de ce que tu portes, répondit Serena. Viens lui dire bonjour. »

Puis elle perçut un bruit de pieds nus sur le tapis.

— Salut !

Elle se releva sur les coudes et cilla. Erik était à poil, à l'exception d'une serviette de spa blanche autour de la taille. Ses cheveux blonds étaient mouillés et lui tombaient dans la nuque. Il portait une petite cicatrice sur le menton depuis qu'il avait chuté dans la cour de récréation quand il avait neuf ans. À part ça, il était parfait.

Olivia avait déjà craqué pour lui après avoir lu son journal intime et dormi dans ses T-shirts. Elle n'avait jamais imaginé dans quel état elle se trouverait en le voyant en chair et en os. Ses immenses yeux bleus ! Sa bouche triste et sexy ! Son torse parfait ! Même ses pieds étaient impeccables.

Brusquement elle s'activa, s'assit sur le lit, croisa les jambes, passa la main dans ses cheveux et prit délibérément l'air de celle qui s'emmerde.

— Salut, dit-elle en étirant les bras au-dessus de sa tête et en arquant le dos. Alors, tu as déjà fait du ski ? ajouta-t-elle en bâillant.

Erik la gratifia d'un grand sourire. Il était habitué à l'effet qu'il produisait sur les filles et c'était plutôt mignon de voir la copine de sa petite sœur devenue grande lui offrir sa poitrine. En fait, il n'avait pas vu Olivia depuis que Serena était entrée au pensionnat et qu'il était parti à la fac voilà deux ans. Elle avait toujours été belle mais là, avec sa coupe de cheveux mignonne de lutin, son petit corps joliment proportionné et son menton aristocratique légèrement relevé, elle s'était transformée en véritable bombe.

— La neige est géniale en ce moment, et c'est comme, genre skier la nuit, puis, d'un seul coup, il fait quinze degrés au soleil, donc tu peux, je sais pas moi, skier en short. Y a même des meufs qui skient en haut de bikini ! Et côté entretien c'est vraiment génial aussi !

Olivia hocha la tête, feignant d'être fascinée. Elle avait fait du ski toute sa vie mais elle aimait bien y aller cool, tranquille, et ne jamais se foutre la honte en se prenant des gamelles. Elle avait apporté son bikini Eres préféré pour le jacuzzi mais d'après ce que lui avait dit Erik, elle pourrait même le porter sur les pistes ! Serena l'avait avertie que c'était un skieur sur bosses super rapide mais peut-être que si elle lui demandait gentiment, il déciderait de faire une petite pause et de laisser tomber les bosses. Ils formeraient le couple idéal, elle en bikini et lui en short de surf, zigzaguant élégamment sur les pistes, excitant l'envie de tous.

— Tu crois que tu pourrais me faire faire un tour demain ? lui demanda-t-elle. C'est seulement la deuxième fois que je viens skier ici.

— Bien sûr, répondit Erik tout sourires.

Leur chambre d'hôtel était immense et démodée, avec de lourds rideaux beige de veloutine, des commodes et des tables de nuit en chêne et une armoire de plain-pied. Mais elle comportait aussi tous les équipements modernes : lecteurs C.D. et D.V.D., accès Internet et un minibar que Serena venait tout juste de découvrir. Assise par terre devant le frigo ouvert, elle fourra dans sa bouche une truffe Godiva offerte par la maison qu'elle fit passer avec une gorgée de champagne. Olivia flirtait-elle avec Erik ? Et Erik flirtait-il avec Olivia ? Louche.

— Faites comme si j'étais pas là, marmonna-t-elle dans sa barbe en buvant à même la minibouteille de Veuve Clicquot. Regardez ! Le voyant du téléphone clignote ! On a des messages !

Elle se précipita vers le téléphone sur la table de nuit, attrapa le combiné et lut les instructions pour écouter leurs messages.

« Salut, c'est Nate. J'espère que vous êtes bien arrivées, les filles. Ça vous dit de se retrouver demain matin vers 10 h 30 pour skier ? Tenez-moi au courant. Euh, en fait je connais pas le numéro ici. C'est un peu la folie dans cette baraque d'ailleurs. Mais appelez sur mon portable, OK ? À plus. »

Serena trouva que Nate avait l'air essoufflé – et bizarrement nerveux aussi –, mais peut-être était-ce uniquement parce qu'il ne se défonçait plus et qu'elle n'était pas habituée à sa voix normale. Elle garda le téléphone à la main et jeta un œil à Erik et Olivia. Il lui montrait un truc par la fenêtre, lui expliquait la disposition des pistes, celles qui étaient au soleil le matin et l'après-midi. Comme si Olivia en avait quelque chose à foutre.

Serena composa le numéro du portable de Nate et lui laissa un message. « On est carrément partantes pour skier demain matin, dit-elle. Je risque d'être un peu rouillée, en revanche, et on devra s'arrêter pour prendre un chocolat chaud et fumer une clope toutes les deux pistes mais bon, si ça t'emmerde, tu pourras toujours nous jeter. J'ai hâte de connaître Georgie ! On se retrouve en bas de la Piste de la rivière demain à 10 h 30. Bye, Natie. »

Elle raccrocha, fourra un autre chocolat dans sa bouche puis rampa par terre, grogna, ouvrit la bouche et mordit la jambe de son frère.

— Aïe ! hurla-t-il.

Serena s'assit sur son derrière.

— On peut *faire* quelque chose ? fit-elle. Ou vous êtes tous les deux trop occupés à discuter dans cette chambre d'hôtel à la con pour, je sais pas moi, *sortir* ?

Olivia darda un regard noir sur son amie depuis son perchoir sur le lit et eut du mal à résister à l'envie de la frapper à la tête. Ne pouvait-elle pas simplement rester en dehors de tout ça et les laisser papoter ?

Serena se leva d'un bond et attrapa sa trousse de maquillage dans la valise ouverte à l'envers sur son lit.

— Je vais prendre une douche, lança-t-elle. Et si vous avez envie de venir boire un cocktail avec moi après, très bien. Sinon, je trouverai des personnes cool et *intéressantes* avec qui traîner et vous pourrez rester assis ici à regarder la météo de la montagne en vous curant le nez.

Elle savait qu'elle jouait un peu les enfants pourris gâtés mais elle était tout de même pleine de tact de leur laisser le temps, genre, *de le faire* sur le lit maintenant, tout de suite, pendant qu'elle se douchait, si c'était ce qu'ils désiraient.

Olivia leva les yeux au ciel. Serena était uniquement jalouse parce que, d'un seul coup, Erik voulait plus lui parler à *elle* qu'à sa petite sœur. Et Olivia ne passerait sûrement pas à côté d'une telle opportunité. Erik et Serena pouvaient se voir quand ils voulaient.

— Je ferais mieux d'aller m'habiller, dit Erik en serrant bien sa serviette. Tu dois probablement défaire des bagages et tout et tout.

Olivia ouvrit son sac. Elle sortit son bikini et quelques sous-vêtements de dentelle noire qu'elle éparpilla sur le lit juste sous le nez du jeune homme.

— Je n'ai pas apporté grand-chose. En fait, je dois louer des skis et tout le matos à la boutique en bas.

— Ouais ? fit Erik en s'arrêtant sur le pas de la porte. Je pourrai te donner un coup de main ? Dis à ma sœur que je vous retrouve dans le hall dans une demi-heure. Après on pourra aller manger un morceau.

— Et tes parents ? s'enquit Olivia, se rappelant qu'elle était invitée et bien qu'elle désirât vivement dormir dans la chambre d'Erik, appeler le room service, regarder de vieux films romantiques en noir et blanc et lui arracher sauvagement ses fringues, elle n'avait pas oublié ses bonnes manières. Nous ne sommes pas obligés de dîner avec eux ?

— Nan. Ils ont des tas de copains ici. Ils font tout le temps des trucs dans leur coin. Je suis sûr qu'ils voudront dîner, genre, une fois avec nous ou bruncher, ou autre chose. Mais en gros, on est tranquilles.

Ses yeux croisèrent ceux d'Olivia : tous deux comprirent combien c'était cool.

— Ça va être *cool*, dit-elle.

— Ouais, acquiesça Erik avant de disparaître dans sa chambre.

En tout cas, ça devrait au moins être divertissant !

était-ce un revolver ou juste un bagel au fromage ?

— On est dimanche matin, c'est l'aube et il fait moins seize ! se plaignit Elise. Qu'est-ce qu'on fout en planque ?

— *Chut* ! murmura Jenny. Il arrive !

Elle attrapa son amie par la manche de son manteau et l'entraîna à l'intérieur de la teinturerie de Lexington Avenue devant laquelle elles se trouvaient.

— Et *maintenant* qu'est-ce qu'on fait ? grommela Elise.

Jenny mit ses doigts à ses lèvres et s'accroupit derrière un immense sac jaune de linge sale. Elle portait des lunettes de soleil pour l'occasion et ne voyait quasiment rien dans la boutique miteuse.

— *Chut* !

— Je peux vous aider ? fit l'homme derrière le comptoir.

Les filles ne bougèrent pas lorsque Leo passa rapidement devant la vitrine du magasin. Ses cheveux blonds étaient rentrés sous une casquette noire et il portait une veste de cuir marron usée au col en mouton qui était soit très chère, soit très vieille. Il avait dans les mains un gobelet de café géant et un sac en papier blanc avec quelque chose à l'intérieur.

Aha ! Est-ce un revolver ? se demanda Jenny. *Une main ? Un pauvre bagel grillé tout con au fromage à tartiner ?*

— Viens ! fit Jenny en se levant d'un bond et en tirant Elise hors de la boutique, suivant le jeune homme pour descendre la 17e Rue jusqu'à Park Avenue.

Leo n'avait jamais invité Jenny chez lui et ne lui avait même jamais dit où il habitait. Et quand elle lui avait demandé s'ils pouvaient se voir aujourd'hui, il avait répondu que non comme une fois sur deux, chaque fois qu'elle le sollicitait. Il était tellement *évasif* qu'elle n'avait pu résister à l'espionner. Il avait son café préféré à l'angle de la 17e et de Lexington et vivait probablement quelque part dans le coin. De fait, ce matin, Jenny avait tiré Elise du lit à sept heures pour attendre en face du café jusqu'à ce qu'il sorte.

— Hé, regarde ! fit Elise en montrant du doigt un immeuble somptueux avec un portier et une marquise vert et or. Il rentre là-dedans ! (Elle avait prétendu que le plan « espionnons Leo » était complètement débile mais là, elle se prenait carrément au jeu.) C'est là qu'il habite ?

— Je ne sais pas, répondit Jenny, à bout de souffle.

Elles descendirent au coin de la rue jusqu'à ce qu'elles trouvent un coin ensoleillé. Jenny s'adossa à l'immeuble en attendant que Leo ressorte.

— Tu vas rester ici sans rien faire ? dit Elise en sortant un paquet de Orbit de sa poche et en lui en offrant un.

— Et alors, où est le problème ? rétorqua Jenny.

Elle défit l'emballage du chewing-gum, le coupa en

deux et garda une moitié pour plus tard, qu'elle remit dans le papier.

— Et s'il reste dedans à regarder la télé pendant trois heures ? se plaignit Elise. On pourrait mourir sur place !

Jenny mâcha son chewing-gum et fourra les mains dans les poches de sa parka noire. Elle ferma les yeux et laissa le soleil de mars inonder son visage.

— Il fait plus chaud au soleil. De toute façon, que peut-on faire d'autre ? On est en vacances. On n'a même pas de devoirs.

Là-dessus, Elise ne pouvait rien dire. Ça craignait vraiment d'être l'une des seules filles de votre classe à ne pas partir au ski ou dans l'un de ces hôtels en bord de mer pour les vacances. Au moins Jenny les occupait. Elle sursauta lorsqu'elle aperçut la tête blonde de Leo ressortir du bâtiment, sans casquette, sans le café ni le sac en papier.

« Hé ! » murmura-t-elle à son amie en lui donnant un petit coup au bras.

Les filles collèrent leurs corps contre l'immeuble et baissèrent la tête, dans l'espoir qu'il ne les remarque pas. Cette fois Leo promenait un énorme mastiff blanc avec une laisse en cuir rouge. Le chien portait l'un de ces ensembles collier-manteau en tissu écossais Burberry à trois cents dollars et des petites bottines en cuir rose que seuls pouvaient s'offrir des friqués fous de chien.

Oh là là !

Jenny ne sut trop que penser. C'était hyper gênant pour Leo mais c'était aussi complètement fascinant. Il ne lui avait même pas dit qu'il avait un chien ! Elle tira de nouveau sur la manche d'Elise. « Viens ! »

Elles le suivirent à distance, tandis qu'il promenait lentement le chien dans le quartier. Il était attentionné, laissait l'animal renifler des bouches d'incendie et des bords de trottoir où d'autres chiens avaient pissé. Puis le mastiff cambra le dos et fit une énorme crotte. Leo s'accroupit consciencieusement et la ramassa avec un petit sachet en plastique rose qu'il sortit d'une espèce de distributeur de sacs accroché à la laisse et le jeta dans une poubelle au coin de la 69e et de Madison. Après ça, il le promena jusqu'à Park Avenue et rentra dans l'immeuble.

Jenny s'adossa au mur du bâtiment, au soleil, complètement hallucinée par ce qu'elle venait de voir.

Elise, debout à ses côtés, mâchait bruyamment son chewing-gum.

— Hé, je sais pas si c'est vrai ou pas mais, tu vois, ce site Internet où je vais tout le temps ?

— Ouais ?

— Il parlait de cette soirée bourge où toutes les filles riches de l'école sont allées jeudi soir. Et d'un garçon qui était à la fête et qui ressemblait comme deux gouttes d'eau à Leo. Si ça se trouve, il est, genre, fils de multimilliardaire et il est trop timide pour te le dire.

Jenny grimaça. *Ou peut-être que je lui fais trop honte pour qu'il m'amène chez lui et me présente à ses parents*, songea-t-elle d'un air malheureux. Toutefois, elle n'était pas totalement convaincue. Leo ne se comportait pas comme un snobinard bourré de fric. Et il fréquentait une espèce d'école aux méthodes nouvelles. S'il était multimilliardaire, il irait probablement à St. Jude ou dans un pensionnat du New Hampshire ou une autre boîte privée du même genre.

— S'il est aussi riche, pourquoi il va s'acheter un café au traiteur et pourquoi c'est lui qui promène son chien ? riposta-t-elle.

Mais bon… Pourquoi l'animal portait-il un collier dix fois plus cher que ses vêtements à elle ? Décidément, Leo était plus mystérieux que jamais !

— Peut-être est-ce un espion qui se fait passer pour un lycéen dans le but d'infiltrer une espèce de méga trafic de drogue au lycée ? suggéra Elise.

— Et mettre des bottines roses à son chien, ça fait partie de sa couverture ? répliqua Jenny, dont les yeux s'attardèrent sur l'entrée du bâtiment. Ça m'étonnerait.

Elise sautillait sur place pour faire circuler son sang.

— Peut-être que ce sont des bottes de chien spéciales à la James Bond, avec, je sais pas moi, des torpilles cachées à l'intérieur.

— OK, dit Jenny en gloussant. (L'idée que Leo soit un espion lui plaisait bien.) Et il est ceinture noire de karaté et il parle couramment, genre, vingt-trois langues.

Elise s'accroupit et relaça ses chaussures. Tout cela commençait sérieusement à la gonfler.

— Qui ? Le chien ?

— Mais non, idiote ! s'exclama Jenny en surveillant toujours la porte. *Leo* !

— Qui sait ? fit Elise en bâillant.

Elle avait vraiment besoin de retourner se coucher mais espérait aussi secrètement qu'elles rentreraient chez Jenny pour qu'elle revoie Dan. Il était tellement bizarre, dans le genre mignon.

— Alors qu'est-ce qu'on fait maintenant ?

Jenny sortit l'autre morceau de chewing-gum de sa poche. Elle cracha la vieille moitié dans le papier et fourra la moitié neuve dans sa bouche. Bien qu'elle détestât le reconnaître, elle adorait espionner Leo.

— On attend, répondit-elle.

Bon, au moins ça les occupait.

gossipgirl.net

thèmes ◄précédent suivant► envoyer une question répondre

Avertissement: tous les noms de lieux, personnes et événements ont été modifiés ou abrégés afin de protéger les innocents. En l'occurrence, moi.

salut à tous !

FILLES ET GARÇONS SE DISTRAIENT DIFFÉREMMENT

Vous n'avez jamais remarqué que quand les garçons sont stressés, tout ce qu'ils ont envie de faire c'est jouer tout seuls à des jeux vidéo pendant des heures ou aller au parc taper dans une baballe avec des copains ? Nous, *les filles*, quand nous sommes stressées, nous sommes efficaces. Nous rangeons nos armoires, nous faisons les ongles, nous épilons les sourcils, et nous lavons les dents. Rester assise à ne rien foutre est la dernière chose dont nous avons envie et notre seul souhait, c'est être en compagnie de personnes du sexe opposé. Les filles – même nos meilleures copines – ont trop l'esprit de compétition et ne feraient que nous stresser davantage alors que les garçons nous fournissent une distraction apaisante. Mais comment faire quand tous les mecs sont occupés à jouer à la baballe ensemble ? Deux options s'offrent à nous : soit on se déshabille à moitié et on fait diversion, diversion un peu plus tentante qu'un ballon rond rebondissant. Soit on essaie de mettre notre esprit de compétition dans notre poche et de s'éclater avec les copines.

Reconnaissons-le : après avoir embrassé ce garçon vraiment génial, la première chose que l'on souhaite faire, c'est téléphoner aux copines, non ?

VOS E-MAILS

Q: Chère GG,

Je n'ai que treize ans et quand tu parles de tous ces trucs concernant l'université, ça me paraît hyper loin. Pas à mes parents en tout cas. Ils parlent que de ça. Genre, ils vont me faire faire le tour des facs pendant les vacances de Pâques et ils m'ont inscrite dans une prépa aux examens d'entrée à l'université qui commence en avril. Qu'est-ce que je peux leur dire pour qu'ils me foutent la paix ?

— jPt1plomb

R: Chère jPt1plomb,

Je crois que tout le monde peut comprendre. Comme si on n'était pas déjà assez sous pression ?!? Et je sais que ce que je vais te dire va te sembler fou mais je te conseille un peu de psychologie inversée. Ça a toujours marché pour moi. Deviens Miss-j'ai-hâte-d'entrer-à-la-fac ! Achète tous les guides, recouvre les murs de ta chambre de posters de l'université, commande des sweats de la fac en ligne, achète un CD-ROM de préparation aux tests d'entrée à l'université, et sers-en-toi d'écran de veille. Ne regarde plus la télé et si tout cela ne les fait pas flipper et qu'ils ne te laissent pas tranquille, essaie de sortir avec un étudiant. Ça, ça devrait marcher ! Bonne chance !

— GG

Q: Chère gossipgurl,
Je vais à Smale avec ce mec qui sort avec J et c'est drôle mais personne le connaît très bien. Il se barre après la dernière sonnerie et personne ne le voit jamais. Genre comme si c'était un fantôme, un truc comme ça.
— celine

R: Chère Celine,
Qu'il soit un fantôme explique des tas de choses. Après tout les fantômes peuvent filer comme des flèches et faire des tas de trucs de ouf. Mais pourquoi un fantôme se prendrait-il la tête à aller en classe ? Au fait, j'adore ton nom – si c'est ton vrai nom.
— GG

ON A VU

D acheter un nouveau costume en velours côtelé noir au stock APC, essayant de se la jouer français et bohème pour son nouveau job. **V**, essayer des treillis chez **Gap** avec son nouveau petit copain au grand nez. Depuis quand met-elle des treillis ? **J** en planque sur **Park Avenue**, avec des jumelles et un bizarre chapeau de vieillard. Elle a pété un câble ou quoi ? **O**, à **Sun Valley**, essayer des bikinis et acheter des préservatifs. Ah bon, je croyais qu'elle était censée faire du ski ? Et quelqu'un a dit préservatifs ?!! **N** conduire une **Mercedes** noire SUV pleine de blondinets ivres pour se rendre dans un restaurant mexicain hyper animé, toujours à Sun Valley. Ça craint d'être celui qui ne boit pas, non ? Et où était sa chérie – déjà tellement défoncée qu'elle roupillait ? Chouette, on dirait que tout le monde se lâche, comme d'habitude. N'oubliez pas de me tenir au courant. Cette page est pour vous (quand elle n'est pas pour moi.)

Vous m'adorez, ne dites pas le contraire.

gossip girl

« d » comme « dis oui au monsieur, mon garçon »

Les poches du nouveau costume de Dan étaient toujours cousues et ses cheveux mouillés bien plaqués sur son front à grand renfort de gel. « Allô ? » cria-t-il d'une voix rauque dans l'interphone des bureaux de la *Lettre rouge* dans la 11e Rue de West Village. La cigarette qu'il avait allumée sur la route en sortant du métro était fumée de chez fumée et lui brûlait légèrement les doigts. Il la jeta sur le trottoir en espérant qu'aucun employé de la *Lettre rouge* ne le regardait par la fenêtre d'un air désapprobateur. « Je suis Daniel Humphrey. Le nouveau stagiaire. »

La porte s'ouvrit dans un grincement bruyant. Dan la poussa et essuya ses paumes moites sur son pantalon en montant l'escalier. Il voyait déjà l'éclat des lampes du bureau, entendait le *tap, tap, tap* des claviers, le ronronnement des fax, des photocopieuses et des imprimantes, et le murmure régulier de gens parlant au téléphone. Parvenu au dernier étage, il passa les locaux sans cloisons en revue, les têtes étranges penchées sur des bureaux, téléphonant, l'air bookées, surbookées, overbookées. Une fine ligne rouge horizontale divisait les murs blancs en deux comme si l'immense pièce avait été enveloppée dans du ruban rouge. Lorsqu'il regarda plus attentivement, en revanche, il constata que la ligne était composée de milliers de minuscules lettres peintes en rouge. Il se demanda ce qu'elle disait, mais pour s'approcher, il devrait se pencher au-dessus d'un bureau et il ne voulait pas paraître malpoli.

Il attendit que l'on vienne l'accueillir pour lui faire visiter les lieux – après tout, quelqu'un l'avait bien fait rentrer – mais personne ne sembla se rendre compte de sa présence.

Même dans son nouveau costume tendance ?

Il se balança d'un pied sur l'autre et s'éclaircit bruyamment la gorge. Rien.

— Hum, fit-il, s'adressant au type assis le plus près de lui.

Le type avait des cheveux bruns lissés en arrière et portait une chemise blanche immaculée avec des manchettes françaises, bien rentrée dans un pantalon noir soigneusement repassé qui devait être du Armani, du Gucci ou autre. Quatre minibouteilles non ouvertes d'eau minérale San Pellegrino étaient alignées sur son bureau en face de lui.

— Je suis venu voir Siegfried Castle, lui dit Dan.

L'homme leva la tête et le regarda en plissant les yeux :

— *Pourquoi*[1] ?

Dan se rembrunit. Ce mec ne pouvait-il pas parler anglais comme tout le monde ?

— Parce que je suis son nouveau stagiaire.

Le type se leva.

— Et ze zuis fotre noufeau boz ! (Il lui tendit la

1. En français dans le texte. *(N.d.T.)*

main, paume à l'envers.) Siegfried Castle. Abelez-moi Sig – non, en vait, abelez-moi *monzieur*.

Dan ne savait trop que faire du plan paume à l'envers. Il mit audacieusement sa main sur celle de Siegfried Castle, la retourna, puis la lui serra comme le ferait tout être humain normalement constitué.

Siegfried Castle grimaça et retira sa main.

— Vous zêtes un boète, non ?

Dan opina, ses yeux se posant nerveusement sur les autres personnes dans le bureau. Tous avaient levé la tête à présent et le scrutaient d'un œil froid. Il constata alors que ces petites bouteilles vertes de San Pellegrino étaient aussi alignées sur leur bureau.

Et ils étaient tous habillés en noir et blanc, comme M. Castle. Dan avait le sentiment d'être un marginal dans son costume gris et sa chemise bleue.

— Oui. J'ai eu un poème publié dans le numéro du *New Yorker* de la Saint-Valentin le mois dernier. Vous l'avez peut-être vu ? Il s'appelle *Salopes.*

Siegfried Castle ne sembla pas l'avoir entendu et Dan se demanda s'il existait une espèce de rivalité entre le *New Yorker* et la *Lettre rouge*. Peut-être venait-il de commettre une horrible bourde en parlant de la concurrence.

— Maintenant je vous montre ma boîte de courrier sortant. De courrier entrant. Mes dossiers. Les manuscrits refusés. La photocopieuse. Le téléphone. Le fax. Vous vous installerez ici. Nous déjeunons à 13 h 30 en salle de conférences. Vous commanderez notre repas.

Il lui montrait seulement le bureau du bout du doigt et Dan comprit qu'il ne lui ferait rien voir de plus et ne lui présenterait personne. La visite était terminée.

Le téléphone sonna. Siegfried Castle se rassit et le désigna d'un doigt soigneusement manucuré. Dan décrocha. « Allô ? » Il tressaillit, réalisant qu'il aurait dû dire quelque chose de plus professionnel. « Que puis-je faire pour vous ? »

« Qui êtes-vous, bordel ? » fit une voix au bout du fil dans un accent anglais. « Passez-moi le Zigster, illico ! »

II tendit le téléphone à M. Castle qui, constata-t-il, avait quelques cheveux gris et était probablement plus vieux qu'il n'en avait l'air.

— Je crois que c'est pour vous.

Dan s'assit sur ce qui, présumait-il, devait être sa chaise dans un coin face au mur. Il n'y avait rien sur le bureau. Pas d'ordinateur, pas de téléphone. Pas même une bouteille de San Pellegrino. Il se demanda s'il devait aller se présenter aux autres mais il n'avait pas vraiment envie de les déranger en plein travail. Il regarda attentivement la ligne rouge de mots sur le mur mais plus il les fixait, plus ils semblaient danser et se flouter. Il jeta un coup d'œil de côté à la boîte de courrier sortant de M. Castle. Elle contenait une lettre.

— Voulez-vous que j'aille vous la poster ? proposa-t-il.

Siegfried fourra une cigarette dans sa bouche et ouvrit son Zippo en argent d'une pichenette. Puis il jeta la clope non allumée dans la poubelle sous son bureau.

— Allez-y ! lança-t-il méchamment comme s'il avait hâte de se débarrasser de lui. Et j'ai aussi besoin de caviar. (Il sortit un billet de cent dollars de sa poche.) Gourmet Garage sur la 7e Avenue. *Pas* de béluga. Le noir dans la boîte bleue.

Comme si *quelqu'un* savait de quoi il parlait.

Dan prit l'argent, la lettre et sortit. L'enveloppe n'était pas timbrée et il n'avait aucune idée d'où se trouvait le bureau de poste, mais il devait sûrement y en avoir un dans le coin et il pourrait se griller une clope en chemin.

Dix pâtés de maisons plus loin, il n'avait toujours pas trouvé le bureau de poste mais avait fumé quatre cigarettes sur une jetée surplombant l'Hudson River. « Il faut que j'y retourne », se dit-il et il jeta sa cigarette dans l'eau. Mais comment y retourner avec l'enveloppe dans la main sans passer pour un abruti parce qu'il avait été infoutu de trouver où acheter un timbre ?

Il s'adossa à la rambarde et, sans même réaliser ce qu'il faisait, il balança l'enveloppe dans l'eau marron qui tourbillonnait. Elle flotta une minute à la surface, devint beige, toute mouillée puis coula.

Oups !

Dan se retourna rapidement, traversa la jetée à grandes enjambées puis remonta la 11e Rue. Quand il rentrerait chez lui ce soir, peut-être chercherait-il sur Internet le bureau de poste le plus proche de la *Lettre rouge*. En quoi cette lettre était-elle importante d'ailleurs ?

Il fourra ses mains dans ses poches, sentit le froissement du billet de cent dollars et se rappela le caviar.

« Merde ! »

Au Gourmet Garage, il y avait des tonnes de boîtes de caviar noir et près de huit sortes arboraient des étiquettes bleues. Dan attrapa la plus chère et se dirigea à la caisse.

— Dan ?

Il se retourna. C'était Elise, la copine de Jenny. Elle portait une baguette qui devait faire près d'un mètre de long et son visage était barbouillé de farine. Elle était plutôt mignonne en fait, sauf qu'il remarqua brusquement qu'elle était beaucoup plus grande que lui, genre de dix centimètres.

— Qu'est-ce que tu fais là ? Jenny m'a dit que tu commençais ton nouveau boulot aujourd'hui.

Dan lui montra la minuscule boîte de caviar qui avançait sur le tapis noir en direction de la caissière. Comment un truc aussi petit pouvait-il coûter soixante-quatorze dollars ?

— Mon chef m'a envoyé acheter des trucs.

Elise le regarda payer le caviar avec un billet de cent dollars et puis fourrer la petite boîte et la monnaie dans la poche de son coupe-vent APC.

— Waouh, souffla-t-elle, impressionnée. Enfin bref, je viens de passer te déposer des cookies à ton nouveau bureau. Je m'embêtais et je m'étais dit que tu aimerais peut-être te faire chouchouter pour ton premier jour. (Elle le gratifia d'un sourire timide en payant sa baguette.) J'écris toujours mieux quand j'ai quelque chose de bon à mastiquer.

Dan ne sut trop que penser de cela.

— Il faut que j'y retourne, lui dit-il et il ouvrit la porte donnant sur la rue à la volée.

— D'accord.

Elle le raccompagna au coin, la baguette fourrée sous le bras. Son caban de laine noir était maculé de farine.

— Il faut que je prenne un taxi. J'étais juste allée acheter du pain à ma mère. Notre famille se nourrit presque exclusivement de Coca et de pain français. Mon père appelle ça le « Régime Wells ».

Dan sourit. Le régime fonctionnait. Elise était plutôt mince. Il la regarda en plissant les yeux dans le soleil froid de midi. Elle lui avait apporté des cookies. Elle arborait de mignonnes taches de rousseur ; c'était une grande perche qui portait une baguette sous le bras. Avec son caban noir et ses ballerines noires, elle faisait très française et poétique. Il pourrait bien écrire un poème sur elle.

Elle agita sa baguette pour héler un taxi. « Hé ! » Le taxi s'arrêta et elle se retourna pour lui dire au revoir.

— Jenny et moi, on va regarder des films. Peut-être que je te verrai chez toi ?

Dan fit un pas vers elle.

— Tu as de la farine sur la joue, dit-il en la tapotant avec son pouce puis en embrassant la tache. Ça y est, c'est parti.

Les commissures des lèvres d'Elise se retroussèrent en un sourire hésitant. « Merci. » Le taxi klaxonna. Elle fourra la baguette plus confortablement sous son bras.

— J'ai laissé les cookies sur ton bureau. Ils sont bons, je pense. Bon, à plus ! ajouta-t-elle en sautant sur la banquette arrière du taxi.

Petite mignonnette, se mit à écrire Dan dans sa tête en retournant au bureau. *Douce coquette.* Il n'était même pas sûr que ces mots soient français mais ils véhiculaient bien l'image d'une petite dragueuse française qui portait du pain sous le bras et vous apportait des cookies. Le genre de fille sur laquelle vous écriviez des chansons, des poèmes et que vous embrassiez sur la joue. Elise n'avait que quatorze ans après tout. Elle n'était pas Mystery Craze mais de toute évidence elle l'adorait et, au moins, elle était *là*.

Il alluma une autre cigarette et retourna au boulot sans se presser. Jusque-là, ce job n'était pas si nul.

Tant qu'il restait en dehors du bureau.

v aide ses parents à trouver de l'art

— Regarde, papa, un vieux traîneau ! cria Vanessa.

Elle avait fait l'erreur de raconter à ses parents que les New-Yorkais laissaient des tas de vieux trucs sur les trottoirs – en fait c'était comme ça qu'elle avait trouvé des vieux rollers démodés qui marchaient parfaitement – et la voilà qui patrouillait dans les rues de Williamsburg afin de les aider à dénicher des trésors pour leurs œuvres d'objets trouvés.

Arlo se dirigea nonchalamment vers le traîneau de plastique rouge et le ramassa. Il était fissuré au milieu et recouvert d'autocollants de tortues boursouflés. Le fond était tout taché et décoloré par les journées de pisse de chien qu'il avait endurées.

— Il doit puer, l'avertit Vanessa.

Son père haussa les épaules et le jeta dans le chariot de courses en métal noir de Ruby. Ils avaient déjà trouvé un aquarium en plastique bleu, une toque de chef blanche et un cendrier réalisé avec des punaises.

— Nous avons besoin de quelque chose de vraiment énorme, dit Gabriela tandis qu'ils poursuivaient leurs recherches. Quelque chose de profond.

Vanessa les suivit, la mort dans l'âme, se demandant ce que sa mère insinuait. Un autre cheval ? Une râpe à fromage géante ? Elle donna un coup de pied dans une brick de jus de fruits écrasée et s'assit sous un porche, pendant que ses parents discutaient avec le propriétaire d'un vieux pick-up garé devant ce qui ressemblait à une cabane de pêcheur au beau milieu d'un tas d'entrepôts. Puis sa mère vint s'installer à ses côtés.

— Arlo s'est trouvé une âme sœur, observa-t-elle en souriant à son mari de loin. Je pense qu'il en aura pour un moment.

Aujourd'hui, Arlo portait un poncho de laine sur un bermuda et des tennis sans chaussettes. Ses genoux étaient blanc bleuté et noueux et ses tibias, tout contusionnés à cause des coups qu'il avait donnés dans sa forge dans le Vermont pour réaliser des mobiles à partir de vieilles carcasses de brouettes ou de bois de cerf. Vanessa s'émerveillait que son père ait réussi à trouver quelqu'un qui le regardait aussi tendrement que sa mère. En parlant d'âmes sœurs…

— Alors qu'est-il arrivé à ton merveilleux petit ami hirsute ? s'enquit Gabriela.

Elle ôta l'élastique du bout de sa longue tresse grise et passa ses doigts tachés de peinture dans sa chevelure.

Vanessa grimaça. Si elle avait constamment le crâne rasé, c'était en partie parce que les cheveux de sa mère la débectaient.

— Tu parles de Dan ?

Gabriela tendit la main et entreprit de masser la nuque de sa fille. Vanessa se crispa – elle détestait qu'on la touche sans y être invité – mais sa mère ne remarqua pas son malaise.

— Je me suis toujours dit que vous deux finiriez

mariés, quelque chose comme ça. Vous me faisiez penser à Arlo et moi.

Vanessa enveloppa ses genoux de ses bras, supportant le massage.

— Dan a intégré les forces de police, dit-elle sachant combien ses parents détestaient quiconque doté de pouvoirs de police.

— Pas possible ?

Gabriela lâcha la nuque de sa fille. Elle divisa ses cheveux gris en trois touffes épaisses et se remit à les natter.

— C'était un si merveilleux talent ! Un œil pour la beauté si rare, si vif ! Et si loyal.

Loyal ? Peut-être pas, non !

— Ah ! fulmina Vanessa.

Dan ne serait rien si elle n'avait pas reconnu combien son poème était brillant et ne l'avait pas envoyé au *New Yorker*.

— En fait, non, Dan ne va pas devenir flic, avoua-t-elle. Il a juste arrêté d'être gentil, c'est tout. Genre, il n'a aucun scrupule à profiter des gens tant qu'il peut en tirer un bon poème. (Elle jeta un œil à sa mère pour voir si elle avait compris sa remarque.) C'est un gros con, ajouta-t-elle.

— On pardonne toujours aux véritables artistes d'être de gros cons, soupira Gabriela. Tu ne devrais pas être aussi dure envers nous. (Elle attacha le bout de sa natte avec un élastique provenant de la botte de brocolis que Ruby avait cuisinés la veille.) Tu sais qui sont les gros cons, en fait ?

— Qui ? demanda Vanessa en se levant.

Son père les rejoignait, un vieux filet de pêche puant dans les mains, un sourire jusqu'aux oreilles comme s'il avait hâte de faire une conférence de presse pour leur dévoiler sa trouvaille.

— Les Rosenfeld, répondit Gabriela. Cette remarque qu'a faite Pilar l'autre soir, comme quoi elle ne recyclait plus rien ! Quel genre de personne ne recycle pas ?

Euh, beaucoup…

— Jordy est sympa, tenta tranquillement Vanessa.

— Mais tu as vu ses lunettes ? Elles coûtent probablement aussi cher que notre voiture ! Si tu veux mon avis, il aurait dû dépenser cet argent pour se faire refaire le nez !

Vous voyez, même les hippies cinglés et pacifistes ne peuvent résister à colporter de vilains ragots !

Vanessa s'étrangla de rire. Vu que ses parents conduisaient un break Subaru plus vieux qu'elle, les lunettes de Jordy coûtaient vraisemblablement *beaucoup* plus cher que leur véhicule. Et si sa mère détestait les Rosenfeld autant qu'elle le prétendait, elle avait hâte qu'elle voie qui elle avait invité au concert de Ruby ce soir.

Un garçon au long nez et aux lunettes hors de prix, peut-être ?

coup de génie trouvé sur le bureau du stagiaire !

Lorsque Dan arriva enfin au bureau, il sonna, entra mais ne trouva que des locaux complètement désertés. Il déposa la monnaie du caviar sur le bureau de Siegfried Castle et longea des rangées de tables jusqu'à un petit couloir au bout duquel une porte était fermée. Il entendit des voix de l'autre côté. Il frappa doucement.

— Entrez ! ordonna Siegfried Castle.

Dan poussa la porte. Toute l'équipe de la *Lettre rouge* était assise autour d'une table de conférence, mangeait des cookies et sirotait de la San Pellegrino à même la petite bouteille verte qu'ils semblaient tant chérir. Un exemplaire flambant neuf des Mémoires de Mystery Craze, traduites en allemand, trônait au milieu de la table. La couverture était blanche, arborant simplement un flamant rose. Pas l'oiseau entier, juste les pattes, dont l'une était à moitié repliée.

— Nous nous zétions dit que zi fous ne refeniez bas afec le cafiar, nous pourrions touzours manzer vos cookies, expliqua Siegfried. (Il désigna d'un signe de tête une petite femme d'âge moyen assise à côté de lui.) Voizi Betsy. Voizi Charles, voizi Thomas. Voizi

Rebecca. Bill, un autre Bill, und Randolph, dit-il en continuant à faire le tour de la tablée et à lui présenter tout le monde à une vitesse ridiculement rapide.

Randolph était aussi le deuxième prénom de Dan et il le méprisait. Il hocha la tête et les gratifia d'un sourire poli. Tout le monde était habillé exactement pareil que M. Castle, en chemise blanche bien repassée et manchettes françaises. Comme s'ils appartenaient tous à une espèce de culte.

— Désolé d'avoir été si long. Il y avait la queue au bureau de poste, mentit-il. (En temps normal il n'était pas du genre à raconter des craques ni à jeter le courrier des autres, mais avoir un petit boulot lui donnait envie de se rebeller.) Enfin bref, tenez.

Il déposa la boîte de caviar devant M. Castle.

Le célèbre éditeur enleva l'étiquette et la colla sur la table. Puis il jeta la boîte dans la corbeille à papiers près de la porte.

Pardon ???

Dan hésitait à s'asseoir. Apparemment, ils étaient en réunion et apparemment il avait rapporté la mauvaise marque de caviar...

— Alors dites-nous ze que fous benzez de Myztewy Cwaze, lança M. Castle, interrompant le fil de ses pensées. Tout le monde izi trouve que z'est une espèze de provète, même les femmes !

Les garçons autour de la table rirent lascivement.

— C'est une foutue déesse de sexe ! lança Randolph en dévorant les cookies de Dan à belles dents.

Dan était toujours debout, étouffant dans son manteau. Il s'assit dans le siège vide à côté de M. Castle et fixa l'assiette vide où s'étaient trouvés les cookies d'Elise.

— Mystery et moi sommes de très bons amis, dit-il calmement. Elle est très… *accomplie.*

Les types dans la salle rirent de nouveau bruyamment. Dan eut brusquement le pressentiment qu'il n'était pas le seul à avoir couché avec elle.

— C'est aussi une très bonne poétesse, fit remarquer Rebecca. (Elle avait des oreilles pointues comme celles d'un lutin.) Et dire qu'elle n'est même pas allée à l'école !

— Une orpheline qui n'est zamais allée à l'école et a été élevée par des loups, écrira forzément dezus plus tard. Pas étonnant qu'elle zoit dézà zélèbre, constata Siegfried Castle d'un ton rêveur.

Il nota quelque chose sur le bloc-notes pourpre devant lui.

Dan tripota les fils cousus sur la poche de son costume. Il ne voyait pas trop l'objet de cette réunion. Il avait vraiment besoin d'une cigarette, d'un café et d'écrire son poème sur Elise avant d'oublier ce qu'il voulait dire.

Il désigna d'un geste la version allemande des Mémoires de Mystery.

— Je n'ai pas encore lu son livre mais je suis sûr qu'il est excellent.

Siegfried Castle attrapa un tas de papiers par terre et les balança sur la table devant Dan.

— Z'est de la merde – on accepte rarement des manuzcrits. Mais ze feux que fous les liziez quand même.

Dan regarda la pile. Il avait toujours cru que tout ce qui était publié dans la *Lettre rouge* provenait de courriers envoyés par les lecteurs.

— Alors comment vous faites ?

Tout le monde éclata de rire.

— Idiot ! Nous demandons à nos zamis d'écrire des chozes ou nous choizizons quelque choze que nous zaimons bien qui était écrit zur le mur des toilettes, déclara M. Castle comme si c'était l'évidence même.

Dan attrapa la pile de papiers.

— Voulez-vous que je mette de côté ceux que je trouve bons ? proposa-t-il, confus.

— Lizez-les et zetez-les ! hurla Siegfried Castle, le visage rouge, en colère. Dehors ! Dehors ! cria-t-il en lui montrant la porte. (Il s'en prit à l'assiette de cookies vide et la lui jeta.) Dehors !

Dan sortit de la salle sans demander son reste et rapporta l'assiette et les poèmes à son bureau vide. Tout son corps tremblait, et il avait peur de se mettre à pleurer. Mais il parcourut le tas de poèmes à toute allure. Si certains étaient franchement nuls, d'autres étaient originaux et brillants. Il songea à demander à M. Castle pourquoi ces poèmes ne lui plaisaient pas. Ou peut-être pourrait-il les laisser dans sa boîte de courrier entrant avec un petit mot lui demandant de les reconsidérer. Mais bon, moins il avait affaire à Siegfried Castle, mieux il se portait.

Lorsqu'il recouvra son sang-froid, il sortit une feuille de papier vierge d'un tas près de l'imprimante, décapuchonna son stylo d'un coup et nota les premiers vers du poème qui avaient trotté dans sa tête tout l'après-midi.

Petite mignonnette, douce coquette,
Je goûte tes biscuits, je goûte ton pain
Tu emplis mon assiette

Le dernier vers lui était familier, comme s'il s'en était déjà servi dans un autre poème. Il croisa les jambes, méditant, et entendit le bruit d'une chasse d'eau. Il pourrait aller faire pipi, décida-t-il. Pisser et terminer le poème. Il alla aux toilettes. À l'intérieur quelque chose était écrit en latin sur le mur à l'encre rouge mais il ne parvint pas à le déchiffrer.

Lorsqu'il retourna à son bureau, la feuille avec son poème avait disparu mais toute l'équipe se trouvait encore en salle de réunion.

Dan n'osa pas mener l'enquête. Il pouvait simplement espérer que son fragment de poème serait publié avec la mention « Anonyme » dans le prochain numéro de la *Lettre rouge*. Ensuite il avouerait que c'était le sien et le monde littéraire le réclamerait à cor et à cri. Il publierait un livre – voire dix – et deviendrait mondialement connu, exactement comme Mystery Craze.

Bien que sûrement pas aussi tristement célèbre.

I, homme mystère

Jenny et Leo se tinrent la main pendant tout le film et continuèrent encore en sortant du cinéma. Jenny n'avait pas du tout prêté attention à l'intrigue. Tout ce qu'elle s'était dit tout le long c'était : *Il va m'emmener chez lui après. Nous ne sommes qu'à cinq pâtés de maisons de son immense immeuble somptueux sur Park Avenue. Et je rencontrerai son chien, sa mère, son coach personnel et ses dix bonnes...*

— Bien, j'avais pensé que l'on pourrait peut-être aller au Guggenheim ? proposa Leo en la gratifiant de son mignon sourire aux dents ébréchées.

S'il était aussi bourré de fric, comment ça se faisait que ses parents ne lui aient pas fait refaire les dents ? se demanda Jenny.

Mais elle en était ravie.

— Il est huit heures passées. Tous les musées sont fermés, non ?

— Ils font des nocturnes une fois par mois, expliqua Leo. Et c'est plus cool, tu sais, de voir les tableaux quand il fait nuit dehors.

Si Jenny avait bien réfléchi, elle aurait réalisé que c'était la meilleure chose que personne ne lui avait jamais dite. Premièrement, c'était cool, non, que Leo et elle soient tous les deux branchés art et musées ? Deuxièmement, c'était cool, non, qu'il soit au courant de ces happenings nocturnes branchés et propose de *l'y* amener ?

Mais la seule chose à laquelle songeait la jeune fille, c'était : *Il ne m'emmène pas chez lui ! Qu'est-ce qui cloche chez moi ? Qu'est-ce qui cloche chez* lui *? Alors ?*

— Tu as des animaux ? lui demanda-t-elle d'un ton suspicieux comme ils traversaient la Seconde Avenue en direction de l'est, de la Cinquième.

— Des animaux ? Non. Pourquoi ? (Leo mit un bras autour de ses épaules.) Brrrr. Tu n'as pas froid ? Tu veux mon écharpe ?

Encore un geste romantique hyper craquant mais avait-elle remarqué ?

Pas d'animaux ? rumina Jenny, trop distraite pour avoir froid. *Mais pourquoi mentirait-il ? Et pourquoi essaie-t-il de changer de sujet aussi vite ?*

— Ça y est, nous y sommes.

La structure fantomatique en acier du musée Guggenheim flottait au-dessus d'eux dans l'obscurité. « Kiss, Kiss », proclamait une bannière claquant au-dessus de l'entrée du bâtiment. Leo rougit lorsqu'il s'aperçut que Jenny la regardait.

— Viens, entrons.

Elle sortit son porte-monnaie pour payer son entrée mais il lui fit signe de le ranger.

— C'est bon. Je suis membre. C'est gratuit pour nous.

Membre ? Bien, bien, bien. Et Elise ne lui avait-elle pas confié que Leo avait été vu à cette grosse soirée de charité au Frick jeudi soir ? Si ça se trouve, sa famille était *propriétaire* du Guggenheim !

Ils se frayèrent un chemin à travers les couloirs nivelés du musée et s'arrêtèrent devant la première toile exposée. C'était *l'Anniversaire* de Marc Chagall, la peinture d'une femme tenant un bouquet de fleurs et embrassant un homme volant au-dessus de sa tête. La femme semblait avoir fait quelque chose de chiant, genre mis la table, tandis que l'homme descendait sur elle en piqué et posait ses lèvres sur les siennes.

— J'adore le bleu, déclara Leo en examinant l'œuvre. On pourrait croire que cette couleur refroidirait le tableau mais non elle le réchauffe.

— Hummm.

Jenny n'écoutait pas un traître mot de ce qu'il racontait. Elle scrutait son profil, ses cheveux, ses vêtements, ses chaussures, ses ongles, à la recherche d'un indice, d'un semblant d'explication.

Leo lui jeta un coup d'œil et rougit de nouveau. Il lui prit la main.

— Je peux t'embrasser ? Avant que l'on ne passe au deuxième tableau ?

Si elle n'était pas concentrée auparavant, là elle l'était à fond.

— Oh ! Hum, bien sûr !

Jenny recula d'un pas et faillit perdre l'équilibre.

Leo serra sa main encore plus fort dans la sienne.

— Je te tiens.

Jenny se laissa attirer vers lui et leva son visage. Ce qu'ils firent ensuite ne tient absolument pas du mystère, bien qu'elle se demandât où il avait appris à embrasser aussi bien.

Si seulement elle arrêtait de se prendre la tête.

ce ringard de futur juriste est plutôt sexy

— Tu sais, il doit vraiment tenir à toi s'il fait tout ce chemin pour venir ici un soir pareil, murmura Ruby à l'oreille de Vanessa juste avant de commencer son concert habituel du lundi soir avec son groupe SugarDaddy.

— Il vient seulement pour la musique, répliqua Vanessa d'un ton sarcastique.

Jordy Rosenfeld se tenait sur le pas de la porte de la boîte enténébrée et bondée et dézippait sa parka de ski verte à l'effigie de Columbia. Son nez étrangement long était rouge et coulait à cause du froid, et son col roulé jaune vif et son treillis faisaient l'effet de lumières stroboscopiques chez les autochtones de Williamsburg tout de noir vêtus.

En temps normal, la vision d'un type comme lui aurait donné des boutons à Vanessa mais elle se fichait bien du jaune de son pull. Et son nez était plutôt sexy et distingué, si vous le regardiez sous un certain angle. Elle se leva et lui fit signe d'approcher.

— Bonsoir, madame Abrams, dit Jordy à Gabriela. Comment allez-vous, monsieur Abrams ?

Les parents de Vanessa portaient des T-shirts

Greenpeace assortis, un caleçon noir moulant et des Birkenstocks avec des chaussettes blanches montantes. Ils auraient pu figurer dans l'une de leurs expos d'art.

Nature morte de hippies cinglés.

Gabriela jeta un regard surpris et confus à sa fille.

— Bonjour, Jordy. Vanessa ne m'avait pas dit que *tu* viendrais ce soir.

— Parce que je voulais que ça reste secret, répliqua-t-elle en gratifiant Jordy de sa version du sourire « viens par ici, mon chéri », qui n'était en fait qu'un sourire normal dans la mesure où elle rigolait rarement.

Jordy enleva sa parka et s'assit à côté d'elle.

— Ça y est, j'ai rendu mon devoir.

— Alors ça se fête, dit Vanessa.

Elle fit signe au barman, tapa sur son nez et tira ses oreilles dans une série de faux signes. SugarDaddy jouait si régulièrement au Five and Dime que c'était pratiquement leur deuxième maison. Vanessa avait même eu une aventure avec l'ancien barman qui était à présent devenu guide de descente en rafting en eaux vives, en Nouvelle-Zélande.

Le barman s'approcha pour voir ce que voulait le nouveau copain de Vanessa.

— Avez-vous du Baileys ? lui demanda Jordy.

Arlo regardait le groupe régler le son. SugarDaddy était constitué de quatre Irlandais au visage pâle et aux regards absents et de Ruby, qui hurlait et trémoussait beaucoup son cul, même si elle n'était pas la chanteuse.

— 1, 2, 1, 2…, dit tranquillement Ruby dans le micro pour tester le son.

Arlo arborait un sourire jusqu'aux oreilles, l'air extrêmement fier.

Gabriela se leva pour aller aux toilettes.

— J'espère qu'ils vont bientôt commencer. Arlo et moi avons promis à ces gentilles gens que nous avons rencontrées dans le métro de faire une séance de chants avec eux à minuit.

Le barman apporta le verre de mixture beige laiteuse avec de la glace et Jordy en but une gorgée.

— J'aime bien, dit-il simplement.

Gabriela revint des toilettes, ses longs cheveux gris renattés et attachés à la Heidi au-dessus de sa tête. Elle s'était appliqué du baume sur les lèvres – sa conception toute personnelle du maquillage — et avait enlevé ses chaussettes montantes.

Les lumières s'éteignirent et Ruby se mit à hurler dans le micro et à frapper sur sa basse. Puis le groupe attaqua l'un de ses classiques, *Le Canada, c'est l'Avenir*.

Jordy passa le bar bondé en revue en dilatant ses narines ultralongues et étroites. Vanessa remarqua que l'étiquette de son col roulé jaune dépassait. *Made in China*, disait-elle.

Gabriela la montra du doigt.

— Sais-tu que la plupart des textiles fabriqués en Chine sont produits par des prisonniers thaïlandais torturés qui crèvent de faim ?

Jordy la dévisagea.

— Ton pull a été fabriqué par des victimes du commerce de masse, le sermonna Gabriela.

Vanessa ne doutait pas qu'il y eût du vrai dans ce que racontait sa mère mais ce pull était déjà suffisamment laid pour qu'ils doivent en plus disserter sur ses origines.

SugarDaddy se lança dans l'un de ses riffs de batterie bien connus pour leur longueur. Ruby hurla sur le bruit que produisait le batteur, quelque chose sur des abrutis dans des minivans.

— Tu ne peux pas savoir comme j'ai été déçue d'apprendre que ta mère ne recyclait plus rien, poursuivit Gabriela d'un ton monotone. Je me disais que tes parents et toi devriez venir faire une petite retraite dans le Vermont. C'est très pur par là-bas. Cela pourrait peut-être leur rappeler ce qui est sacré.

Jordy lui fit sourire poli.

— Je leur en parlerai. Mais, franchement, si mes parents ne recyclent rien, c'est uniquement parce que leur immeuble possède un incinérateur et qu'il est beaucoup plus simple de tout balancer dedans. Et comme je ne me nourris quasiment que de nouilles chinoises instantanées et de café, je n'ai pas grand-chose à recycler de toute façon.

Gabriela le fixa, paniquée et terrorisée.

Vanessa était tout sourires. Oui, Jordy était l'Antéchrist et oui, il était de plus en plus mignon. Elle rapprocha sa chaise de quelques centimètres tandis que SugarDaddy entamait l'un de ses morceaux dance bizarres.

Vanessa se pencha vers Jordy et lui murmura à l'oreille :

— Dans une seconde, je t'embrasse.

Les commissures des lèvres du jeune homme se relevèrent et il but une autre gorgée de Baileys.

Gabriela donna un coup dans la jambe d'Arlo avec son orteil nu.

— Viens danser, chéri. J'ai besoin de me défouler.

Mais Arlo était tellement cloué par les musiciens que de la bave se formait aux coins de sa bouche.

Vanessa trouvait qu'il ressemblait à un bébé qui allait au cirque pour la première fois.

Elle se rapprocha encore de Jordy et leva son visage, légèrement de biais pour éviter de heurter son nez.

— Je vais t'embrasser *maintenant*, murmura-t-elle avant que sa mère n'arrive à tirer son mari de son siège.

Et elle colla ses lèvres aux siennes, goûtant au Baileys et à la différence entre ce baiser et ceux de Dan. Et c'était… délicieux.

le sexe est meilleur après le ski

— Tu es sûre que tu n'as pas froid ? demanda Serena à Olivia pour la quatrième fois.

Elle ne portait que son haut de bikini Eres rose sous un cardigan de cachemire blanc à torsades et un pantalon de velours côtelé noir Miss Sixty en stretch.

Pas vraiment la tenue de ski haute performance – mais tout dépend de votre définition de la « performance ».

Olivia s'appuya à l'épaule d'Erik pour réessayer de fourrer le talon de sa chaussure de ski dans ses fixations.

— Merde, il veut pas rentrer !

Elle adressa un sourire penaud à Erik qui s'agenouilla à ses pieds pour l'aider. Il portait une veste polaire duveteuse Patagonia sur un adorable pull Aran tricoté à la main et un pantalon de ski noir moulant qui faisait bien ressortir ses longues cuisses sexy fuselées. Non, elle n'avait pas froid du tout mais merci d'avoir demandé.

Serena donna un coup dans la neige avec son bâton de ski, pressée d'aller sur les pistes et de s'éloigner de ce qui se tramait entre son grand frère et sa meilleure amie, quoi que ce fût. C'était plutôt mignon de voir

Erik faire comme s'il ne savait pas qu'Olivia flirtait avec lui. Mais d'un autre côté, c'était gonflant.

Serena remonta jusqu'au menton la fermeture Éclair de sa combinaison de ski Ellesse lavande, pratique mais sexy, et rabaissa sa chapka de cachemire gris sur ses oreilles. Si Nate ne se ramenait pas tout de suite, elle prendrait le télésiège toute seule. Il y avait toute une montagne remplie de beaux gosses qui ne demandaient qu'à tomber amoureux de sa façon d'aborder les virages. Elle n'avait qu'à y aller.

— Bien, dit Erik en se levant et en enfilant ses gants de ski résistants en cuir noir. Et là, ça va ?

Olivia s'appuya sur ses bâtons puis plia et déplia les genoux comme une gogo danseuse.

— Bien, tenta-t-elle timidement. Mais si je tombe ?

Erik chaussa ses lunettes de soleil Scott à verres miroités. On aurait dit qu'il avait skié toute la saison alors qu'il venait juste d'arriver.

— Je ne te laisserai pas tomber, promit-il avec un grand sourire, insinuant qu'il lui tiendrait la main pour descendre les pistes.

Serena roula des yeux et mit ses lunettes de soleil Smith, prête à les larguer tous les deux et à laisser un mot pour Nate au responsable des télésièges lorsqu'elle aperçut la tête blonde du jeune homme remonter le chemin enneigé depuis la route. Sa planche de surf décorée d'une feuille de marijuana et les skis de Georgie étaient calés sans effort sur ses épaules musclées de constructeur de bateaux. Georgie était à ses côtés, ses cheveux presque noirs lui arrivant à la taille voletant derrière elle comme une cape. Elle portait une combinaison-pantalon en denim foncé fourrée de vison, comme si Tom Ford l'avait spécialement créée pour elle. Même son bonnet et ses chaussures de ski de cuir marron étaient bordés de vison.

— Elle est plus jolie que dans mes souvenirs, constata tranquillement Serena.

Mais Olivia était bien trop occupée à prétendre que son estomac n'avait pas bizarrement piqué du nez en voyant Nate et sa nouvelle petite copine pour écouter Serena.

Alors qu'ils étaient encore à quelques centaines de mètres, Nate enleva les skis de ses épaules et Georgie et lui grimpèrent dessus sans effort. Puis ils les rejoignirent en glissant gracieusement sur la neige, tels des patineurs artistiques.

— Salut ! C'est bon de vous voir ! s'écria Nate.

Comme il avait veillé la moitié de la nuit pour surveiller Georgie concocter des cocktails au Jägermeister nue dans le jacuzzi avec l'équipe olympique hollandaise de snowboard, il ne mentait pas. Le matin n'était pas arrivé assez vite.

— Waouh ! s'enthousiasma Georgie en voyant Olivia. T'as du courage !

Olivia dévisagea Georgie de la tête aux pieds puis descendit la fermeture de son gilet de quelques centimètres.

— Merci, répondit-elle, bien qu'elle ne vît absolument pas ce qu'elle insinuait.

— J'ai le même en blanc, poursuivit-elle en désignant son haut de bikini.

Erik et Nate fixèrent tous deux la petite mais néanmoins mignonne poitrine d'Olivia, imaginant à quoi devait ressembler la plus grosse et plus mignonne poitrine de Georgie dans le même haut en blanc.

Erik tendit un bâton de ski à Olivia.

— Vas-y, je te tire.

Waouh, trop chou !

Ils étaient sur le point de rejoindre la longue file d'attente pour le télésiège lorsque Chuck Bass déboula tranquillement sur sa nouvelle planche de snow Burton.

— Salut, leur lança-t-il. Les Hollandais m'ont donné des conseils sur la piste de demi-lune. Ils sont trop forts, ces mecs !

Tous les cinq l'observèrent rejoindre gracieusement la queue de l'école de ski et passer devant tout le monde.

— Venez ! cria-t-il. J'ai un coupe-file de moniteur !

Personne ne tenait réellement à savoir comment Chuck avait resquillé un passe de moniteur. Et ils se fichaient même de skier avec lui tant qu'ils pouvaient éviter de faire la queue.

C'était le but, justement.

Tous les téléskis de la station étaient des cabines ultrarapides qui pouvaient prendre quatre personnes à la fois. Serena et Georgie étaient les deux premières dans la queue et bien que cela chagrinât Olivia de faire le trajet avec Georgie, elle ne pouvait pas vraiment hurler : « Stop ! » lorsque Erik se joignit à elles.

Swoosh ! Le télésiège descendit en piqué sous leurs fesses, les souleva sur leurs skis puis en l'air.

— *Youpi !* s'écrièrent Serena et Georgie à l'unisson.

— Wouah ! fit Olivia en attrapant le bras d'Erik.

Même après toutes ses années de ski, les télésièges la rendaient encore nerveuse.

— T'as de l'herbe ? fit Chuck en dézippant la poche poitrine de sa combinaison Bogner pourpre foncé étincelante au bizarre col de fourrure amovible. (Il en sortit une flasque argentée qu'il tendit à Nate). Brandy ?

— J'ai arrêté, insista Nate, têtu.

Il regarda les chaussures de ski de Chuck en plissant les yeux. C'étaient exactement les mêmes que les siennes mais sa planche était rose fluo, arborant l'inscription *Chiquita Banana* sur le dessus. C'était clairement une planche de fille et Nate le soupçonnait de porter aussi une combinaison de femme. Ce n'était même pas gay, c'était tout bêtement inquiétant.

Devant eux, de la fumée s'élevait au-dessus du bonnet de vison de Georgie. Nate espérait que les autres seraient suffisamment responsables pour ne pas la laisser faire quoi que ce soit de trop illégal sur le télésiège.

Chuck attrapa une Marlboro derrière son oreille et l'alluma. Son menton était tout broussailleux d'une barbe noire de plusieurs jours et on aurait dit qu'il se laissait pousser des poils sur le visage à titre d'expérimentation.

— Il paraît qu'Olivia et ta nouvelle copine ont eu un méga crêpage de chignon à cause de toi en désintox à Greenwich.

Nate chassa de la main la fumée de cigarette de Chuck. Il prenait son pied à regarder les sommets pointus des jolis pins vert foncé qui saillaient sur la douce couverture de neige blanche en contrebas. La fumée gâchait tout.

— Il paraît aussi que Georgie et Serena sont allées au pensionnat ensemble dans le New Hampshire et qu'elles se sont fait virer en même temps. On les a surprises en train de le faire. Comme ça.

Chuck attrapa son entrejambe et agita son bassin

sur le siège, tirant la langue comme un gros dégueulasse.

— J'en doute, dit Nate, bien qu'il n'en fût pas si sûr.

En fait, il n'avait jamais compris au juste pourquoi Serena s'était fait virer de la Hanover Academy au début de l'année scolaire et il savait très peu de choses au sujet de Georgie. Les deux filles n'avaient pas du tout eu l'air de se reconnaître quand elles s'étaient retrouvées tout à l'heure mais bon, les nanas avaient le don de se la jouer cool avant de discuter pour mettre les choses à plat.

Devant eux, Georgie et Serena allumaient leur deuxième cigarette au clou de girofle.

— Je ne fume que ça sur les télésièges, expliqua Georgie avec l'air de celle qui fume quelque chose de différent chaque fois qu'elle prend de l'altitude. Elles sont meilleures en hauteur.

— Mmmm, fit Serena en inhalant.

Elle se tourna pour jeter un œil à Nate et Chuck. Nate regardait droit devant lui tandis que Chuck fumait et papotait.

— Quel petit couple adorable ! ironisa-t-elle.

Georgie gloussa :

— Tu vois, même Chuck trouve Nate mignon.

Olivia ne dit rien mais elle espérait secrètement que le bonnet de Georgie prendrait feu et qu'elle tomberait par terre dans un tas de fourrure en flammes.

Serena fit un doigt à Nate puis le gratifia d'un grand sourire et lui envoya un baiser. Georgie se retourna et fit la même chose, mais dans l'ordre inverse.

— Tu nous adores, ne dis pas le contraire ! crièrent les deux filles.

Olivia glissa son bras sous celui d'Erik lorsque le

télésiège dévala la rampe abrupte sur laquelle il les déposerait. Descendre du télésiège était encore pire qu'y monter.

— Tu lèves les bouts de tes skis et tu te tiens à moi, lui ordonna gentiment Erik.

Elle s'exécuta, s'accrochant fermement à son bras quand ils descendirent la rampe côte à côte. Puis Erik exécuta un petit tour parfait et s'arrêta en dérapant. Olivia lui rentra dedans et tomba sur le dos.

Oh !

Erik l'aida doucement à se relever, la tenant dans ses bras musclés et rassurants.

— Ne t'inquiète pas, personne n'a rien vu.

Olivia gloussa. Dieu que ses yeux étaient bleus, et il était si… *capable.* Puis elle eut un flash : *Je vais la perdre avec Erik pendant les vacances* ! Pourquoi pas ? Ils se connaissaient depuis toujours. C'était on ne peut plus logique.

Aussi logique que de porter un haut de bikini à la neige ?

gossipgirl.net

thèmes ◄précédent suivant► envoyer une question répondre

Avertissement: tous les noms de lieux, personnes et événements ont été modifiés ou abrégés afin de protéger les innocents. En l'occurrence, moi.

salut à tous !

À PROPOS DE CETTE RUMEUR QUI COURT...

Comme s'il n'y en avait qu'une ! Mais vous savez très bien de laquelle je parle. Apparemment, certains racontent qu'une lycéenne blonde qui s'est fait virer de la Hanover Academy en octobre n'était pas la seule impliquée dans le scandale. Elle avait une partenaire – une brune tristement célèbre du Connecticut. Bien, j'ai fait des recherches et il semblerait que cette fille du Connecticut *était* bien inscrite à Hanover pour quelque temps, bien que la date et les circonstances de son départ soient encore floues. Elle a fréquenté six écoles en quatre ans et comme elle est bien occupée en désintox, elle ne risque pas de finir ses études un de ces quatre. Et on ne peut pas dire qu'elles soient les meilleures amies du monde ni rien, vu que personne ne les a vues traîner en ville ensemble. Pour l'heure, disons juste que cela mérite une enquête plus approfondie. Et croyez-moi, j'enquête !

VOS E-MAILS

Q: Salut Gossip Girl,
Ma famille passe toutes les vacances de Pâques à Hawaii parce que j'ai quatre petits frères qui

adorent le surf – je sais, ma vie est un enfer. Enfin, *c'était* l'enfer. Mais là ça va, ça craint moins. Hier soir pendant que je baby-sittais mes petits frères à la piscine, un garçon aux petites dreadlocks courtes est venu me parler. Je sais, ça va vite mais je crois que je suis amoureuse. Nous avons les mêmes convictions, genre à fond dans le végétarisme, et on préfère faire de la musique que la guerre. Le seul problème c'est que j'habite en Californie et que je rentre à Berkeley l'an prochain et que lui vit à New York et rentre à Harvard. D'après toi, ça se fait de perdre sa virginité pendant les vacances avec un garçon que tu connais à peine ?
— cou2foudr

Chère cou2foudr,
R: Ta question revient sans cesse, donc je crois que je ferais mieux d'y répondre avant qu'il ne soit trop tard ! Premièrement, tu l'as dit toi-même : toi et M. Végétarisme-à-Fond vivez chacun à un bout du continent. C'est peut-être pratique en ce moment mais pourquoi ne pas attendre de voir si l'un de vous deux tient suffisamment à l'autre pour entreprendre le voyage pour votre grande nuit ? Comme ça tu sauras vraiment si c'est le grand amour – ou juste le coup du siècle. Deuxièmement, les vacances de Pâques viennent seulement de commencer. Monsieur V.A.F. était peut-être supermignon hier soir à la piscine mais M. Encore Plus Beau Gosse pourra peut-être prendre du bacon au tofu demain matin à la table du petit déjeuner, non ? Et comme tu ne veux pas passer pour la Pétasse Végétarienne de Hawaii, tu ferais probablement mieux de ne

pas t'engager irrévocablement et de t'en tenir à des activités au-dessus-de-la-ceinture. Je n'ai rien contre le fait d'embrasser plus d'un garçon pendant les vacances de Pâques, ou même en une seule journée ! Éclate-toi bien !

— GG

ON A VU

J, en planque dans **l'Upper East Side**, des jumelles autour du cou. C'est clair : elle n'observait pas les oiseaux. Son grand copain blond, **L**, de nouveau chez **Bendels**, acheter des gants de femme en cuir en grande taille – beaucoup, beaucoup trop grands pour **J**. **D**, se rendre dans les quartiers chics depuis le Village, fumer comme un pompier et traîner dans les librairies. Nos amis à Sun Valley regarder l'équipe hollandaise de snowboard faire des trucs sur la piste de demi-lune tout en buvant du vin chaud en coulisse. **S** et **G** papoter à n'en plus finir, **O** assise sur les genoux de **E,** et **N** et **C** collés serrés, main dans la main, en train de discuter avec un snowboarder hollandais qu'ils trouvaient mignon. Mais non, je plaisante. Mais franchement, au ski, ce qui est intéressant c'est ce qui se passe entre deux pistes.

N'oubliez pas de me raconter tous les trucs salaces que vous faites.

Et devinez quoi ? Je suis déjà bronzée.

Vous m'adorez, ne dites pas le contraire.

gossip girl

d *fuit l'évidence avec* ***e***

— Quand je pense que tu fous tes mains là-dedans ! s'écria Jenny en fronçant le nez.

Elle regardait Leo mélanger à la main des œufs crus, du beurre, du sucre, de la farine et de la poudre de cacao. Et sans gants en plus !

C'était lui qui avait eu l'idée de préparer des brownies mais forcément ils avaient dû aller chez Jenny, pas chez lui. La jeune fille se demandait si elle verrait sa maison un jour.

— C'est ma mère qui m'a appris ça. C'est le seul moyen pour que tout soit bien mélangé sans utiliser de fouet.

Les manches de sa chemise vichy rouge et blanc étaient remontées jusqu'aux coudes et il se mordait la lèvre inférieure tant il était concentré – l'image même du garçon adorable.

— Oh, répondit Jenny en tamisant un autre godet de farine. Ta maman aime faire la cuisine ?

Quiconque vivant dans cet immeuble somptueux de Park Avenue devait avoir un chef à demeure.

— En gros oui. Mais elle aime surtout faire des brownies.

Aha. Vous voyez ? La cuisine est juste un autre

hobby, comme mettre des vêtements de créateur à son chien et se faire botoxer le visage.

Leo ôta son doigt de la pâte sucrée et le tendit à Jenny.

— Tu veux goûter ?

Jenny était tellement préoccupée à imaginer sa mère préparer des brownies le soir de congé de la cuisinière qu'elle ouvrit la bouche et suça longuement son doigt.

Oh !

— Oups ! J'ai l'impression d'interrompre quelque chose, observa Elise sur le pas de la porte de la cuisine. Vous êtes trop mignons tous les deux, ajouta-t-elle platement.

L'interphone avait sonné voilà quelques minutes mais après avoir fait entrer Elise, Jenny avait été tellement obsédée par les compétences de roi du brownie de Leo qu'elle avait complètement oublié son amie. Elle attrapa la cuillère en bois qu'elle avait initialement sortie pour mélanger la pâte à brownies.

— Tu veux goûter ?

Elise fronça le nez.

— Nan. J'attendrai qu'ils soient cuits. Dan est là ?

Jenny haussa les épaules. Elle ne l'avait pas vu partir.

— Je suis sûre que oui, je sens la clope d'ici, dit Elise en descendant le couloir menant à sa chambre. Appelez-moi quand les brownies seront prêts !

Dan était allongé sur son lit, tâchant de trouver un synonyme de *désir* qui rimait avec *époque. Coq, toque, mastoc, bicoque*. Il était mal barré.

— Je peux entrer ? demanda Elise derrière la porte de sa chambre.

— Bien sûr, répondit Dan. (Il s'assit et ferma le petit carnet noir dans lequel il écrivait. Elise portait un col roulé noir qui lui donnait l'air sérieux et plus âgé.) Quoi de neuf ?

— Rien. (Elle s'assit à l'autre bout du lit.) Qu'est-ce que tu écris ?

Dan descendit du lit d'un bond et balança son carnet sur son bureau. Il attrapa son paquet de Camel et en alluma une, prit une longue taffe en avalant la fumée tout en éteignant l'allumette.

— Vite, un mot qui rime avec *époque* ?!

— Toc ? répliqua Elise du tac au tac.

Dan la fixa.

— Mais ce n'est pas un vrai mot. Ça ne veut rien dire en dehors de l'expression « toc-toc ».

— Non, tu as raison.

Elle se leva et se dirigea vers son bureau, dépassant Dan de dix bons centimètres. Sa taille la vieillissait assurément. Tout comme son apparence soigneuse, son T-shirt bien rentré dans son jean à ceinture et son cardigan boutonné jusqu'au cou. Au lieu de faire prude, sa tenue véhiculait une espèce d'assurance, du genre « je suis une femme et voilà comment on fait ».

Elle ouvrit l'un de ses carnets d'une pichenette.

— Alors c'est ici que tu notes tout ?

Le premier instinct de Dan fut de lui arracher le calepin des mains mais Elise n'était pas Vanessa. Elle n'allait pas se moquer de l'un de ces poèmes minables ni le pousser à envoyer ses meilleures proses à un magazine célèbre.

— Ouais. J'aime pas travailler sur ordinateur parce que je finis par effacer des trucs dont je pourrais me servir.

Elise hocha la tête et feuilleta le carnet.

— Tiens, j'ai quelque chose pour toi, dit Dan en

ouvrant la besace noire qui ne le quittait pas et en sortant le livre d'exercices d'écritures qu'il avait acheté à Elise dans la journée. Pour te remercier des cookies.

La jeune fille prit le livre et y jeta un œil.

— Waouh, on dirait des devoirs. Comme si je n'en avais pas déjà assez.

— Mais ce ne sont pas des devoirs, vraiment, insista Dan en reprenant le livre et en cherchant un exercice. « Fuyez l'évident. Faites une liste de tous les clichés dont vous avez entendu parler et ne vous en servez jamais quand vous écrivez. » (Il leva les yeux.) Tu vois ? C'est marrant !

Elise le regarda comme s'il était fou à lier.

— J'imagine que c'est sûrement plus marrant que regarder ta meilleure amie sucer de la pâte à brownies sur les doigts de son petit copain. (Elle attrapa un stylo et chercha une page blanche dans l'un des carnets noirs de Dan.) Qu'est-ce qu'un cliché *au juste* d'ailleurs ?

Dan aimait bien que son ignorance ne la gênât pas le moins du monde.

— Tu sais, des trucs genre « dur comme de la pierre » ou « coup de foudre » ou encore « l'amour est aveugle » ? Tous ces machins que tu as entendus des milliers de fois.

— Hum, hum.

Elle s'assit sur le lit et écrivit quelque chose. Puis elle lui passa le carnet.

— OK, à ton tour.

Il allait écrire : « *Tout finit par se payer* » mais constata qu'Elise avait marqué : « *Pourquoi m'as-tu embrassée dans la rue l'autre jour ?* »

Il écrasa sa cigarette dans un cendrier et serra son

stylo bien fort pour calmer ses doigts qui tremblaient. « *À cause des cookies*, écrivit-il. *Et à cause du pain.* » En fait, il ne savait pas exactement pourquoi il l'avait embrassée. Ça avait été un coup de tête. Il lui rendit le carnet et Elise lut ce qu'il avait écrit sans lever les yeux. Puis elle ajouta quelque chose en dessous et le lui redonna.

Tu m'embrasses encore ?

Dan alla fermer la porte d'un coup. Il jeta le carnet sur le lit et se tourna vers Elise, l'embrassa violemment sur la bouche tout en sortant d'un coup sec le T-shirt de son jean.

Elise laissa échapper un petit cri et recula. Il la relâcha. Brusquement elle ne faisait plus aussi vieille. Ses yeux bleus étaient écarquillés et son sourire était plus une grimace terrorisée qu'un sourire.

— Je suis désolé.

— C'est bon, dit-elle, plus à elle-même qu'à lui. Je vais bien.

Dan remarqua un petit bourrelet de graisse qui dépassait de la ceinture de son jean. Elle le vit le regarder et s'empressa de rentrer son T-shirt dans son pantalon.

Loser, se réprimanda Dan. Elise n'avait que quatorze ans, et il en avait presque dix-huit. Il était pire qu'un faux cul. Il était un connard de première.

Comme Elise attendait qu'il l'embrasse de nouveau, il en eut brusquement marre, ne serait-ce que parce qu'elle pouvait croire que ce serait une bonne idée.

Il lui tourna le dos, alla s'asseoir à son ordinateur et agita légèrement la souris.

— Les brownies sont sûrement prêts, dit-il d'une voix rauque.

Comme Elise ne bougeait pas, Dan se mit à consulter ses e-mails. Il continua à lui tourner le dos jusqu'à ce qu'il l'entende se diriger vers la porte.

— Je croyais que tu voulais sortir avec moi, marmonna-t-elle, la gorge étranglée de larmes.

Peu après, Dan entendit la porte de l'appartement se refermer violemment.

Il attrapa son carnet et trouva une page blanche. *À cause des cookies et à cause du pain*, écrivit-il. Puis il s'arrêta.

C'était un peu difficile d'être inspiré.

v proteste beaucoup trop

— Je sais que tu as un devoir à rendre et que l'on s'est vus hier soir mais tu ne veux pas aller dîner quelque part ? hurla pratiquement Vanessa au téléphone.

— Quoi ? Maintenant ? répondit Jordy.

— Oui, *maintenant.*

Des chants tantriques provenaient du séjour où les parents de Vanessa avaient réuni des amis artistes pour une soirée sur le thème : « Frottez le silex de la création ». Quoi que *cela* voulût dire, bordel !

— Je peux te retrouver près de chez toi, proposa-t-elle. Où tu veux.

— Waouh, fit Vanessa en arrivant.

En dépit de son nom, chez Bubba – un resto italien près de Columbia – était plutôt sympa. Elle s'était attendue à trouver des tables recouvertes de nappes en plastique à carreaux rouge et blanc et à voir des assiettes de frites accompagner chaque plat. Mais non. Les nappes étaient blanches, des bougies brûlaient et de vieux morceaux de jazz passaient. Il n'était que cinq heures et demie et le restaurant était vide. Mais c'était malgré tout romantique, dans un genre hyper traditionnel.

Jordy, déjà assis à une table, avait commandé une bouteille de vin rouge. Le serveur prit la veste de laine noire de Vanessa et lui tira sa chaise.

— Je me sens si mature.

Jordy haussa les épaules comme s'il était habitué à cela. Après tout il allait à l'université.

— J'aime bien ton rouge à lèvres.

Vanessa fut incapable de deviner s'il plaisantait ou pas. Comme il arborait constamment une expression d'arrogance aimable, il était extrêmement difficile de deviner ses émotions. Si seulement son nez pouvait servir de baromètre, se rallongeant ou se raccourcissant en fonction de son humeur !

Non pas qu'elle souhaitât vraiment que son nez se rallonge.

— Mes parents organisent une espèce de séance de chants à la con avec un tas d'autres prétendus artistes dans notre appartement, lui expliqua-t-elle. J'ai hâte qu'ils s'en aillent.

Jordy but une gorgée de vin, serrant ses lèvres fines comme s'il l'appréciait vraiment. Ses lunettes hors de prix étaient posées sur la table et Vanessa constata pour la première fois que ses yeux étaient marron doré, comme ceux d'un lion.

Malin de remarquer la couleur des yeux d'un garçon *après* l'avoir embrassé !

— Je trouve tes parents géniaux, dit-il. C'est vrai, quoi, il faut beaucoup d'efforts et de courage pour être aussi… *démodés*.

Les épais sourcils bruns de Vanessa se haussèrent en forme d'accent circonflexe.

— Tu sais quoi, fit-elle en avançant sa chaise et en posant les coudes sur la table, quand j'étais petite, je grattais toujours mes croûtes. Toutes les piqûres d'insectes ou les petites coupures, je les grattais jusqu'à ce qu'elles saignent, saignent, saignent. Et tu sais ce que me disait ma mère ? Que je ferais mieux de ne pas y toucher pour que mon père puisse les récupérer et en faire une œuvre d'art ! Ce n'est pas le truc le plus follement pervers que tu n'aies jamais entendu ? C'est vrai, quoi, la plupart des mamans s'inquiéteraient des croûtes de leurs enfants ou les amèneraient voir un psy. Mes parents, la seule chose qui les intéresse, c'est eux et leur « art ».

Jordy haussa les épaules.

— Peut-être qu'elle plaisantait.

Vanessa se rembrunit et ouvrit son menu. Antipasti, primi, secondi, dolci. *Plaisantait* ? Elle n'avait jamais entendu sa mère faire de l'humour.

Jordy l'observa en train d'examiner minutieusement la carte.

— Mais je les admire quand même. Le fait qu'ils vous laissent toi et ta sœur vivre toutes seules. Il n'y a pas beaucoup de parents qui feraient ça.

— Non, pas beaucoup, en convint-elle, l'œil mauvais.

— J'aimerais bien aller dans le Vermont voir comment ils vivent, ajouta Jordy, impatient.

Vanessa leva les yeux de sa carte, paniquée.

— Pourquoi ?

— Je ne sais pas. Je n'ai pas rencontré beaucoup de gens qui soient, comment dire… *différents*. C'est juste de la curiosité, j'imagine. (Il prit une gorgée de vin et refit ce truc avec ses lèvres.) Au fait, ma mère m'a plus ou moins raconté que tu sortais avec quelqu'un et que c'était sérieux. C'est, genre, fini ou pas ?

Vanessa referma son menu d'un coup sans avoir rien choisi. Elle n'avait pas très faim de toute façon – elle voulait juste sortir de chez elle.

— Ouais, c'est terminé. D'ailleurs nous ne sommes même plus amis. (En temps normal sa voix possédait une espèce de mordant amer qui disait « je vous emmerde » mais là elle tremblait d'émotion.) Mais je m'en fiche, ajouta-t-elle aigrement.

Le serveur arriva et Vanessa commanda une salade. Elle avait l'impression d'être l'une des blondasses squelettiques de sa classe à Constance qui ne mangeaient que de la laitue sans sauce et du Jell-O à 0 %.

Jordy coupa un petit bout de pain du gros morceau dans le panier sur la table.

— C'est toi qui as rompu ou le contraire ?

Avec ses longs doigts fins, il trempa le morceau de pain dans un petit bol d'huile d'olive.

Elle ne s'était jamais vraiment demandé qui avait plaqué qui. En fait leur rupture n'avait jamais été officielle. Après qu'elle a eu surpris Dan en train de fricoter avec cette espèce de Mystery Craze sur scène dans un club de poésie, elle avait refusé de répondre à ses coups de fil. Si quelqu'un avait plaqué quelqu'un, c'était bien elle. Mais cela voulait-il dire pour autant qu'il n'en avait pas eu l'intention ?

C'était presque trop déroutant d'y réfléchir.

— Je… je… j'imagine que j'ai rompu avec lui par inadvertance, bafouilla-t-elle. C'est vrai quoi, il me *trompait*.

Ça faisait bizarre de parler de son histoire avec Dan à un autre type. Ça faisait bizarre de parler à quelqu'un tout court, dans la mesure où la seule personne à qui elle se confiait était Dan justement. Mais la sincérité arrogante de Jordy était tout simplement… sincère. Et c'était plutôt dur de se défiler devant tant de loyauté. Vanessa sentit sa lèvre inférieure trembler et les larmes lui monter aux yeux. Oh non. Elle détestait pleurer, surtout en public. Qu'est-ce qui n'allait pas chez elle ?

Allez, allez, ça arrive aux meilleures d'entre nous, voyons.

Jordy rechaussa ses lunettes.

— Je suis désolé. Nous ne sommes pas obligés d'en parler si tu ne veux pas. (Ses joues blafardes s'empourprèrent.) Je te posais la question pour des raisons égoïstes, c'est tout.

Il enleva de nouveau ses lunettes et les posa délicatement sur la table à côté de l'huile d'olive. Puis il leva ses yeux dorés et la fixa.

— Je t'apprécie vraiment beaucoup, Vanessa.

Miles Davis passait en fond sonore et les bougies tremblotaient. Brusquement, Vanessa eut l'impression de jouer dans l'un de ces mauvais films à l'eau de rose qui faisaient pleurer la plupart des filles et qu'elle ne supportait pas.

— Moi aussi je t'aime bien, sanglota-t-elle, mortifiée.

Si elle était avec Dan, elle aurait éclaté de rire et lui aurait dit d'aller se faire foutre parce qu'il la faisait pleurer. Mais Jordy n'était pas Dan. Si elle lui disait d'aller se faire foutre, il le ferait probablement.

Enfin, pas littéralement. Mais nous savons ce qu'elle veut dire.

Elle essuya son visage trempé sur sa serviette blanche et y étala du rouge à lèvres de Ruby partout.

— Désolée. Je crois que mes parents me stressent trop. (Elle reposa sa serviette et but une gorgée d'eau.)

Alors parle-moi de Columbia. Genre, c'est quoi ton cours préféré ?

Comme si elle en avait franchement quelque chose à battre. C'était clair que si elle intéressait Jordy, c'était uniquement parce que ses parents étaient *alternatifs* et que si lui l'intéressait, c'était parce qu'il n'était *pas du tout* alternatif. En plus son esprit était trop occupé par ce qu'il venait tout juste de télécharger pour prêter attention à la réponse de Jordy. Et l'information que son esprit s'appliquait si activement à traiter, c'était qu'elle aimait encore Dan.

elle veut juste quelqu'un à aimer

Après une journée entière de ski puis une heure passée à regarder l'équipe hollandaise olympique de snowboard se défoncer sur la piste de demi-lune, le groupe retourna à l'hôtel au pied de la montagne pour des happy-hours de pintes de bière bien méritées. Il y avait un feu qui crépitait, un pianiste et des serveuses vêtues de gilets en denim sans rien dessous.

Serena s'assit à côté de Jan, l'un des sept snowboarders. Toute l'équipe était blonde, athlétique et charmante, mais elle avait choisi Jan parce que quand il faisait du snow, il redressait ses pouces d'une façon trop mignonne, genre comme s'il levait le pouce en signe de victoire à toute la montagne.

— Est-ce que toutes les filles à New York sont aussi belles que tes amies et toi ? demanda-t-il avec son charmant accent hollandais.

Serena gloussa. Elle ne pouvait pas résister quand on lui faisait du charme.

— Vous avez vachement de chance, vous autres, de faire ça tous les jours !

Jan rit et but un coup de sa bière ambre foncé.

— On ne fait pas tout le temps du snowboard. Je vais à l'université à Minsk. Je fais des études de dentiste.

— Oh.

Serena avait imaginé que toute l'équipe vivait ensemble dans une cabane au sommet d'une montagne quelque part dans les Alpes, qu'ils faisaient du snowboard toute la journée et se bourraient la gueule tous les soirs. Ce serait cosy d'être la seule fille du groupe, s'était-elle dit. Elle leur couperait les cheveux et leur préparerait des tartines grillées pour le petit déjeuner. Le soir, ils se loveraient auprès du feu et se raconteraient des histoires d'horreur.

— Et les autres ? s'enquit-elle, craignant s'être trompée de garçon.

— Conrad est marié à une Italienne, ils habitent à Bologne. Frank est mon coloc à la fac. Josef, Sven, Ulrich et Gan vivent tous à Amsterdam.

Amsterdam était censée être une ville plutôt cool. Serena regarda les quatre garçons de l'autre côté de la table. Ils étaient tous aussi blonds, aussi athlétiques et aussi craquants.

— Dans la résidence étudiante gay, ajouta Jan.

— Oh, répondit Serena en se forçant à sourire.

Pour la chance, tu repasseras !

— Vous reprendrez autre chose ?

— Un Coca, répondit Nate à la serveuse mignonne qui portait des Ugg après que Chuck avait commandé trois autres pichets de bière de Sun Valley pour la tablée. Georgie en avait déjà lampé un entier à elle toute seule. Il devrait probablement la porter pour la ramener chez elle.

— Quand je pense que j'ai réussi à descendre une double piste « diamant noir » sans tomber[1] ! répéta

1. Équivalent des pistes rouges en Europe. *(N.d.T.)*

Olivia pour la quarante-cinquième fois. (Elle sirota délicatement sa bière et fit un grand sourire à Erik.) Tu es un bien meilleur prof que tous les moniteurs de ski réunis.

La vérité, c'est qu'elle avait dérapé sur presque toute la piste et hurlé tout le long mais au moins elle avait réussi à éviter que son décolleté nu ne soit plein de neige. C'était ce qui comptait.

— Tu t'améliores d'heure en heure, c'est tout, répondit Erik.

Elle avait boutonné son cardigan de cachemire sur son haut de bikini mais son jean était taille basse et vu comment elle était assise, droite et penchée vers la table, il distinguait le haut de ses fesses. C'était sympa.

— Je te parie cent dollars que j'écluse ma bière plus vite que toi, lança Georgie à Serena, la mettant au défi.

Maintenant qu'elle n'avait plus personne avec qui flirter, Serena était ravie d'avoir quelque chose à faire. Elle ramassa ses longs cheveux blonds tout décoiffés par le ski derrière sa tête et les attacha en chignon. Puis elle attrapa son verre. Le reste de la tablée l'observait, dans une impatience jubilatoire.

Enfin *presque* tout le reste de la tablée.

Nate croqua un glaçon. Il n'avait aucun mal à imaginer où tout cela allait mener. Les deux filles seraient complètement raides, vomiraient sur tout le monde puis seraient hors service pendant deux jours à cause d'une méchante gueule de bois. Ses lèvres sexy s'affaissèrent tristement sur le bord de son verre de Coca. Plus de ski. Plus d'éclate.

— Montre-lui comment on fait, Georgie ! lança Chuck, les stimulant.

— Ah ouais ? répliqua Serena en portant son verre à ses lèvres. (Puis, remarquant que Nate secouait la tête, elle éloigna son verre.) Qu'est-ce qui me prend ? Tu es genre, *conditionnée* pour ça. Toute ta famille est pleine de célèbres alcooliques.

— Merci beaucoup ! s'écria Georgie. (Elle lui donna un petit coup avec son coude osseux.) Vas-y, bois !

Serena reposa son verre.

— Ça ne vaut pas le coup. Si je bois tout ça, je vais gerber sur la table. Et de toute façon, tu me battras, c'est clair.

Georgie haussa les épaules, jeta sa tête en arrière et descendit toute la pinte d'un coup.

— Je t'emmerde, j'ai gagné !

Et elle rota.

— Bravo, souffla Nate.

Tous les regards se braquèrent sur lui.

— Natie est fâché parce qu'on a pas encore eu l'occasion de le faire, gazouilla Georgie. Je suis tout le temps trop déchirée !

Un silence gêné s'ensuivit. Difficile de savoir que répondre à cela.

Olivia regarda sa montre.

— On devrait peut-être retourner à l'hôtel faire un peu de sauna avant le dîner.

Elle ignorait si le sauna de l'hôtel était mixte ou pas mais l'idée de se retrouver dans une pièce chaude et embuée avec Erik, juste vêtu d'une serviette, était hyper séduisante. Il pourrait lui frotter le dos avec de l'huile parfumée à la lavande et…

— Ouais, mes quadriceps sont en super forme, acquiesça Nate en se frottant les cuisses. (Il jeta un coup d'œil malheureux à Georgie.) Ça me dirait bien de faire trempette au jacuzzi.

Georgie frappa dans ses mains, les yeux brillants d'alcool.

— On rentre tous chez moi et on saute dans le jacuzzi !

Elle était tout le temps tellement surexcitée que Nate se demandait si la clinique de désintox ne lui avait pas prescrit d'antidépresseurs, ou quelque chose dont il n'était pas au courant. Tout ce qu'il savait, c'est que la bière ne la calmait pas, au contraire.

Chuck remontait déjà la fermeture de son manteau, prêt à partir.

— Je vous concocterai mon célèbre cocktail au schnaps à la pêche ! (Il souleva son T-shirt et battit des cils.) « Le Nombril Duveteux de Chucky ! »

Hum, délicieux.

Nate n'avait toujours pas compris pourquoi Chuck semblait vivre chez Georgie alors qu'il disposait d'une suite géniale au Christiana, l'hôtel de luxe où séjournaient ses parents en ville.

Le pianiste se mit à jouer un vieux morceau de Billy Joel et les lumières s'atténuèrent. L'happy-hour était terminée. Serena comprit à l'expression sur le visage de Nate – et à la remarque de Georgie – que sa copine et lui avaient besoin de passer du temps en amoureux. Elle repoussa sa chaise et enfila son pull par la tête.

— Ça me tente bien mais faut qu'on rentre. J'ai dit à maman qu'on dînerait avec papa et elle ce soir à l'hôtel à dix-neuf heures trente. Et il faut qu'on prenne nos douches et tout et tout.

Georgie se rembrunit.

— Oh, allez ! Tu peux pas appeler tes parents pour leur dire que tu es prise ?

Facile à dire pour elle. Elle n'avait, en gros, pas de parents.

Serena jeta un œil à Erik et ils communiquèrent sans rien dire, comme seuls peuvent le faire les frères et sœurs.

— Désolée, fit-elle fermement.

Nate se demandait ce qu'il fichait avec une nana aussi déjantée que Georgie alors que son ex-petite copine et sa meilleure amie paraissaient être les filles les plus raisonnables au monde.

Georgie se leva et alla s'asseoir sur les genoux de Nate, posant sa tête sur son épaule. Ses cheveux bruns soyeux sentaient la bière et les clous de girofle.

— Tant pis. On fera la fête sans vous.

Olivia lui adressa un petit sourire narquois.

— Dommage. (Son sourire se transforma en sourire de victoire.) On y va ? demanda-t-elle à Erik. Je meurs de faim.

Chuck s'assit bien sagement sur les genoux de Georgie, en tortillant ses fesses d'avant en arrière. Puis six des snowboarders hollandais se levèrent et s'empilèrent sur les genoux de Chuck, à l'exception de Jan qui observait Serena se préparer à partir, un regard de chiot triste et abandonné sur son visage magnifique.

— Bon appétit ! cria Chuck. Nous, on se fait un sandwich d'hommes !

Olivia et Erik se hâtèrent de ramasser leurs gants et leurs lunettes de soleil et se dirigèrent vers la porte. Serena mit son bonnet sous le bras et leur emboîta le pas. Puis, entendant Georgie pousser un petit cri perçant, elle se retourna. Tout le groupe était tombé de la chaise et était vautré par terre, mort de rire. Jan leur avait sauté dessus et même Nate semblait sourire malgré lui.

Serena les regarda faire, envieuse. Elle avait toujours été le centre d'attention quand tout le monde se marrait, mais voilà qu'elle était coincée avec Olivia et son frère, tellement en extase l'un devant l'autre qu'ils remarquaient à peine sa présence. Mais ses parents attendaient. Elle ne pouvait pas les lâcher et saboter le reste du séjour. Elle regagna la sortie. Il restait cinq jours de vacances et elle était bien déterminée à s'éclater à tout prix. N'était-ce pas ce qui la caractérisait ?

Oui, entre autres choses.

juste quand vous pensiez connaître quelqu'un...

Leo sécha le dernier saladier et le posa sur l'égouttoir.

— Il faut que j'y aille.

Jenny reposa le brownie qu'elle mâchait bruyamment. Sur les vingt qu'ils avaient faits, il n'en restait que douze. Elle lécha les miettes sur ses doigts et posa ses yeux noisette aux longs cils sur Leo. Elle en avait marre de jouer aux devinettes. Elle voulait connaître la vérité.

— Où ?

Leo s'adossa au bar de cuisine en lino jaune tout fissuré et tripota les boutons du lave-vaisselle. Marx, le chat noir obèse des Humphrey, était vautré sur le dos sur le sol sale et dormait. Quand Leo s'éclaircit la gorge, le matou agita la queue de contrariété.

— J'ai des courses à faire, lui dit-il d'un air distrait.

— Je peux venir ?

Il donna des coups de pied et gonfla le côté de sa bouche.

— Ce n'est pas très intéressant.

Jenny n'était pas convaincue.

— Tu n'es pas, je sais pas moi, en train de me cacher quelque chose ?

Il rit.

— Genre quoi ? Que je suis Spider Man ?

Le visage de Jenny s'empourpra. Elle ouvrit la porte du frigo puis la referma bruyamment.

— Je ne sais pas. Je trouve juste bizarre que tu sois tout le temps occupé à faire des trucs dont tu ne me parles jamais.

Leo enfouit ses mains dans ses poches. Ses cheveux blond clair avaient l'air transparents à la lumière crue de la cuisine.

— Si tu y tiens vraiment, tu peux venir.

Jenny s'efforça de cacher son excitation. Enfin. Elle allait découvrir tous les secrets de Leo, mec mystère et mégamultimilliardaire.

— OK.

Ils prirent le bus de la 96e Rue pour aller en ville puis traversèrent Central Park à pied en direction de l'immeuble de la 70e Rue. L'avenue semblait déserte dans l'obscurité, vu que tout le monde était en vacances.

— C'est à quelques pâtés de maisons, lui dit Leo.

Tout le corps de Jenny brûlait d'impatience.

Quand ils arrivèrent devant l'immeuble à la marquise verte, le portier leva sa casquette pour saluer Leo. Puis ils prirent l'ascenseur jusqu'à l'appartement de grand standing sur le toit.

— Waouh ! haleta Jenny lorsque les portes de l'ascenseur s'ouvrirent directement dans le salon.

La pièce était peinte en noir, blanc et or. Une table ronde dorée trônait au beau milieu d'un sol de marbre noir et blanc, où était posé un vase blanc géant en forme de cygne rempli de roses noires. À gauche, une espèce de rampe peinte en or et un escalier descendaient dans une pièce tellement immense que ça ne pouvait être qu'une salle de bal.

— Je sais. C'est hallucinant, en convint Leo. Au pied, Daphne ! cria-t-il.

Immédiatement Jenny entendit le crissement de griffes sur le sol. L'immense mastiff blanc qu'elle avait vu Leo promener arriva dans le salon en trottant, remuant élégamment la queue. Elle s'approcha et lécha la main du jeune homme.

— Bon chien !

Jenny, muette de stupéfaction, le regarda ouvrir la porte de la penderie pour prendre le manteau Burberry de Daphne et son collier assorti. La chienne attendait tranquillement pendant qu'il l'habillait. Puis il s'agenouilla et accrocha au Velcro ces horribles bottines de cuir rose à ses pattes.

— C'est bien. On est prêts !

Jenny ne comprenait toujours pas pourquoi les parents de Leo ne demandaient pas à l'une de leurs bonnes de promener le chien mais elle n'allait rien dire, surtout qu'il l'adorait visiblement.

— On va juste lui faire faire un petit tour du pâté de maisons. Il faut que j'achète de la laque à Madame au drugstore. Tu pourras peut-être la tenir pendant ce temps ?

— OK, dit Jenny sans quitter des yeux les bottes de Daphne.

Il appelait sa mère *Madame* ?

Ils s'arrêtèrent devant Zitomer sur Madison. Jenny tint la laisse en tissu écossais pendant que Leo alla acheter la laque. Elle se pencha et Daphne lui tendit sa patte bottée de rose.

— Je parie qu'il te laisse dormir dans son lit, lui dit-elle. Je parie que tu as le droit de monter sur tous les meubles.

Leo sortit du magasin avec un énorme sac de courses rempli de tas de bouteilles du même genre que la laque Redsken. Il gloussa.

— Madame utilise énormément ce genre de trucs. (Il prit la laisse de Daphne et ils retournèrent d'un bon pas vers l'immeuble à la marquise verte.) Il faut que je la nourrisse, que j'arrose les plantes et tout ça. Ce n'est pas franchement passionnant. Tu veux prendre un taxi ou je te raccompagne à l'arrêt de bus ?

Jenny ne sut que répondre. Apparemment il ne voulait pas d'elle chez lui.

— Je crois que je vais prendre un taxi, répondit-elle d'un ton froid.

— OK. Walter va t'en trouver un, dit Leo en désignant le portier d'un signe de tête. (Il embrassa Jenny sur la joue.) Ne mange plus de brownies aujourd'hui, sinon tu vas être malade. Je t'appelle plus tard, d'accord ?

Jenny lui fit un sourire maussade et se rendit au bord du trottoir pour attendre son taxi. Walter mit un moment avant d'en trouver un et dès qu'il referma la portière derrière elle et qu'elle donna son adresse au chauffeur, elle s'effondra dans le siège arrière en sanglotant.

Le taxi resta coincé au feu au coin de l'immeuble de Leo auquel elle lança un regard furieux à travers ses larmes. Juste au moment où le feu passait au vert et où le chauffeur tournait, Leo sortit et prit la direction des quartiers résidentiels.

— Attendez, ordonna Jenny au chauffeur. J'ai changé d'avis. Je descends.

Elle le paya rapidement et sortit d'un bond, remontant Park Avenue à toute allure derrière Leo.

Il continua à se diriger vers les quartiers chics jusqu'à la 81e Rue. Puis il tourna à droite, traversa Central Park et Lexington. Elle se cacha derrière un tas de sacs-poubelles quand il pénétra dans un bâtiment de grès brun à trois étages et descendit deux marches jusqu'à l'entrée du sous-sol. Il sortit ses clés et ouvrit une porte de métal noir. Lorsqu'il entra, Jenny distingua deux poubelles en fer contre lesquelles était appuyé un vélo de course. Puis il ferma la porte et disparut à l'intérieur.

Elle resta accroupie derrière les sacs-poubelles pendant une demi-heure, s'attendant à le voir ressortir avec un autre chien en laisse. Mais il n'en fit rien et elle crut voir une télé trembloter derrière les épais rideaux gris aux fenêtres. Enfin elle abandonna et rentra chez elle.

Juste au moment où vous pensiez connaître quelqu'un, vous découvrez que vous ne le connaissez pas du tout.

d renvoie du courrier dans la rivière

Son deuxième jour de stage, Dan n'essaya même pas de trouver le bureau de poste. Il se rendit directement au bout de la jetée et, une par une, il jeta les six lettres de Sig Castle dans l'Hudson River. L'une d'entre elles était destinée à Mystery Craze, aux bons soins de Rusty Klein, ce qui emplit Dan d'une satisfaction béate. D'après ce qu'il savait, Mystery était si internationalement célèbre, bordel, qu'elle recevrait sûrement la lettre, rejetée sur une plage de Sardaigne où elle ferait une lecture à une bande de pêcheurs soûls.

Il fixa l'eau marron qui tourbillonnait et pensa à toutes les filles avec qui il s'était plus ou moins passé quelque chose. Serena, Vanessa, Mystery et Elise. Ça n'avait été super top avec aucune, surtout le dernier épisode avec Elise. Mais l'an prochain il se barrerait à Brown ou à U. Mass ou dans n'importe quelle fac qui l'accepterait et il emporterait quatre expériences totalement différentes avec quatre filles étrangement différentes. N'était-ce pas cela d'être écrivain ? Vivre des expériences et les traduire avec des mots ? Quelque chose comme ça en tout cas. Il était un auteur publié. Il savait ce qu'il voulait faire dans la vie. La plupart des gamins de son âge ne pouvaient sûrement pas en dire autant. Alors pourquoi continuait-il à se sentir aussi… *déséquilibré* ? Comme s'il cherchait quelque chose en permanence, cherchait, cherchait sans trouver.

Sig Castle lui avait demandé d'acheter une espèce de papier de riz spécial à Chinatown une fois qu'il aurait posté le courrier. De fait lorsqu'il eut terminé sa cinquième Camel, il se rendit dans la 4e Rue Ouest et prit le métro direction Chinatown.

Il pleuvait légèrement et les vendeurs des rues sur le Canal essayaient de refourguer de faux parapluies Burberry à la criée ainsi que ces ponchos en plastique jetables que seuls des touristes désespérés enfilent en cas d'averses brutales. Dan flâna dans la large rue bondée, prenant son temps. L'air sentait les journaux mouillés et le poisson des marchés de Chinatown. Cela lui fit penser à Vanessa. Elle était le parfait exemple de la perverse, qui adorait les mauvaises odeurs et la laideur. C'était ce qu'il aimait le plus en elle.

Appréciait, se rappela Dan. Comment pouvez-vous prétendre aimer quelque chose chez une personne à qui vous n'adressiez même plus la parole ?

Il s'arrêta pour regarder un vendeur faire la démonstration d'un jouet à piles en plastique rose en forme d'OVNI, avec trois petites Japonaises en plastique assises dessus, tournant et tournoyant sur une chanson pop nippone qui ressemblait à un morceau de SugarDaddy – le groupe de la sœur de Vanessa – sous amphétamines. Ce jouet était exactement le genre de truc dont se servirait Vanessa en ouverture d'un de ses films. Elle ferait un gros plan sur lui puis passerait sur une fille dansant toute seule en boîte. Elle créait du sens avec des images, comme Dan le faisait avec ses mots.

Il descendit Broadway jusqu'à Pearl River Mart, un

immense magasin qui vendait pratiquement de tout, des bouddhas en plastique jusqu'aux bottes en caoutchouc. Il trouva ce qui ressemblait le plus au papier de riz préféré de Siegfried Castle, « ultradoux, ultrafin, impossible-de-se-couper-avec », puis repartit au Canal voir le vendeur de l'OVNI rose.

— J'en voudrais un, s'il vous plaît.

— J'en ai un tout neuf, l'informa le type en se penchant pour sortir un OVNI vert menthe de sous la table sur laquelle tournoyait le rose.

— Non, celui-ci, insista Dan en désignant le jouet rose du doigt.

C'était une couleur tellement anti-Vanessa qu'elle devrait y déceler l'humour et, au moins, il savait que ça marcherait.

— Deux dollars, dit l'homme alors que la pancarte en carton accrochée au bord de la table proclamait : « $ 3 !!! » C'est en solde.

Dan lui tendit la monnaie du papier de riz de Siegfried Castle. Son chef était un si gros connard qu'il retirait une immense satisfaction à le couillonner jusqu'à l'os dès qu'il le pouvait.

— Bonne journée, dit le type en lui tendant le jouet dans un sac en plastique bleu clair.

Dan était sûr qu'il y avait un bureau de poste sur Bowery Street à quelques pâtés de maisons. Il pourrait envoyer le paquet à Vanessa de là-bas avant de prendre le métro et de retourner bosser.

C'est marrant, il n'avait jamais songé à envoyer le courrier de la *Lettre rouge* de ce bureau de poste !

Sig Castle lui avait dit qu'il était crucial qu'il ait son papier de riz avant le déjeuner mais il était encore plus crucial que Vanessa reçoive son OVNI, décida Dan. C'était impératif.

— En urgent, demanda-t-il à l'employé au guichet après avoir acheté une boîte dans laquelle il avait emballé le jouet. C'est important.

gossipgirl.net

thèmes ◀précédent suivant▶ envoyer une question répondre

Avertissement: tous les noms de lieux, personnes et événements ont été modifiés ou abrégés afin de protéger les innocents. En l'occurrence, moi.

salut à tous !

CES GENS QUE L'ON RENCONTRE EN VACANCES

Avouez-le, pour rien au monde vous ne voudriez que l'on vous voie avec eux chez vous. Leurs chaussures sont moches, leurs jeans sont tristes, leurs cheveux ont besoin d'aide, et ils disent « waouh » à tout bout de champ, mais vous prenez le petit déjeuner avec eux tous les matins et les invitez à sortir le soir. Ne culpabilisez pas si le scénario ci-dessus vous semble étrangement familier. Même moi j'ai culpabilisé de copiner avec quelqu'un pendant mes vacances puis de le jeter à la minute où je suis rentrée au bercail. Ça doit avoir quelque chose à voir avec l'instinct grégaire, mais je ne sais pas trop quoi. Peut-être que je l'apprendrai l'an prochain en cours de psycho.

ET CES DEUX-LÀ ?

Mes sources me disent que ce n'est sûrement pas la première fois que la tristement célèbre héritière de Greenwich et notre top model de parfum préférée se rencontrent. Ces deux-là étaient de grandes copines à Hanover quand elles étaient en première mais elles se sont disputées à cause d'un garçon en France l'été avant de se faire virer toutes les deux. Je suis pratiquement sûre qu'il n'y a pas que ça mais au lieu d'inventer un tas de conneries, je préfère attendre que les cadavres sortent du placard et je suis sûre que ça ne va pas tarder.

ON A VU : DU MONDE

V, aller de Manhattan à Williamsburg et faire les poubelles avec ses parents, l'air misérable. **D**, sortir un sac à recycler rempli de petites bouteilles de **San Pellegrino** non ouvertes devant un immeuble de la 11e Rue. **O** défaire ses skis en plein milieu d'une piste à **Sun Valley** juste pour voir si un certain garçon allait remonter toute la piste juste pour l'aider à les rattacher. **S** et **G** dans les toilettes au pied de la montagne de Sun Valley, avec toute **l'équipe olympique hollandaise de snowboard**. Ils jouaient au docteur ? **C** et **N** dans le télésiège remontant sur la piste de demi-lune de Sun Valley. Eux aussi ils jouaient au docteur ? **S** et l'équipe olympique hollandaise de snowboard poser pour une pub pour **ChapStick** au sommet de la montagne.
Elle est la seule qui s'occupe pendant ses vacances ! Profitez-en tant que ça dure.

Vous m'adorez, ne dites pas le contraire.

gossip girl

les upper east siders font la fête style sun valley

— OK, je suis prête, dit Serena après s'être appliqué un peu de crème hydratante sur le visage et avoir donné quelques coups de brosse à ses cheveux encore humides.

Évidemment elle était magnifique – c'était plus fort qu'elle – mais elle aurait pu faire plaisir aux autochtones et mettre, au minimum, un peu de brillant à lèvres.

— Pas moi.

Olivia se pencha au-dessus du lavabo de la salle de bains pour s'appliquer du mascara. Une serviette blanche était enveloppée autour de sa tête et ses ongles qu'elle venait de vernir étaient à peine secs.

— Tu te fais même pas un brushing ?

— Sûrement pas, répondit Serena en regardant sa montre.

Erik les attendait dans le hall et elle avait à peine eu l'occasion de papoter avec lui seule à seul depuis leur arrivée.

— Je t'attends en bas, d'accord ?

— Très bien, répondit distraitement Olivia.

Elle ne savait pas pourquoi son amie était aussi pressée. C'était leur première fête à Sun Valley et elle tenait plus que tout à être belle. Erik avait été si attentionné et était toujours tellement adorable que ce soir pourrait très bien être le soir où elle dirait : « Oui, oh oui ! »

— Pourquoi tu es si pressée au fait ?

Serena souffla un bon coup.

— À quoi bon faire un effort ? Ce n'est pas comme si j'allais flirter avec le frère de quelqu'un ce soir !

Olivia referma son tube de mascara et jeta un regard mauvais au reflet de son amie dans le miroir de la salle de bains.

— Alors comme ça tu es fâchée contre moi à cause d'Erik ?

Elle fouilla dans sa trousse de maquillage à la recherche de son autobronzant.

Serena donna un coup dans le châssis de la porte avec son après-ski en peau de mouton duveteuse.

— Je ne suis pas fâchée. Je suis juste…

Jalouse ?

Elle soupira bruyamment puis attrapa sa parka bleue accrochée à la porte.

— Je te retrouve en bas, marmonna-t-elle en sortant en coup de vent.

— Ne t'inquiète pas ! lui cria Olivia. Quand on rentrera, je réaménage chez moi !

— Tu n'as pas froid ?

Nate ôta son sweat-shirt bleu clair usé à l'effigie de Brown et le proposa à Georgie. Il dormait parfois dedans en espérant que ça lui porterait bonheur. Comme si le bureau des admissions de Brown allait oublier qu'il s'était fait choper par les flics quand il achetait de l'herbe tout simplement parce qu'il dormait dans leur sweat-shirt.

Georgie se baladait dans son ensemble culotte soutien-gorge La Perla orange sorbet devant Chuck Bass, Josef, Sven, Ulrich et Gan qui jouaient au mah-jong sur leur Xbox. *Peut-être qu'ils sont* tous *gays*, songea Nate, plein d'espoir. Mais même, il n'aimait pas que Georgie se balade en lingerie. Elle était trop… trop… *nue*. Et sa nudité était censée être réservée à elle et à *lui*. Après tout elle était sa petite copine. Euh, vraiment ?

— Et si on montait ? murmura-t-il d'un ton suggestif à son oreille.

Il avait imaginé que Georgie et lui passeraient la majorité de leurs vacances à Sun Valley au lit à baiser comme des fous. Mais il ne s'était encore jamais déshabillé devant elle. Pas une fois. Et on ne pouvait pas dire que Georgie était particulièrement prude vu toute cette exhibition et cette nudité. Elle était simplement trop occupée à péter les plombs et à se bourrer d'antidépresseurs pour s'allonger une seconde et le laisser l'embrasser.

— Qu'est-ce qu'il y a en haut ? demanda Georgie en allumant une cigarette.

Elle avait passé ses longs cheveux bruns soyeux pardessus son épaule pâle et croisé ses longues jambes claires, pas une fois mais *deux*.

Seules les filles franchement maigres peuvent faire ce genre de choses.

Nate haussa les épaules.

— Je m'étais juste dit que nous pourrions… Tu sais… Glander.

Toute fille normalement constituée l'aurait regardé dans ses yeux vert émeraude et aurait été pleine de fourmillements et de vertiges face à une telle invitation. Mais Georgie était trop naze pour ne serait-ce que s'apercevoir combien il était mignon et irrésistible.

En d'autres mots, c'était une idiote.

Elle arqua un sourcil suspicieux à l'attention de Nate.

— T'as pas fait entrer de l'herbe en fraude ici sans m'en parler, hein ? lui demanda-t-elle, pleine d'espoir.

— Nan. (Il tendit la main et caressa ses cheveux sur son épaule osseuse.) Je me suis juste dit qu'on pourrait s'isoler pour être tranquilles, ajouta-t-il, ses joues devenant adorablement roses quand il suggéra cette idée.

Georgie balança ses jambes sur le bras de la chaise en bois où elle était assise. Elle avait été sculptée dans du bouleau par des Indiens Shoshone puis peinte en orange.

Laide de chez laide mais probablement hors de prix.

Un coup de klaxon retentit au-dehors. Georgie se leva d'un bond et prit le sweat-shirt des mains de Nate.

— Je ferais peut-être mieux de me mettre quelque chose sur le dos, marmonna-t-elle en enfilant le truc par la tête en se dirigeant vers la porte d'entrée.

Ses fesses blanches dépassaient de sous le sweat bleu clair, ce qui, en quelque sorte, donnait l'impression qu'elle était encore plus nue.

— Dieu merci vous êtes là ! lança-t-elle au livreur médusé.

Elle prit une bouteille de Stoli dans une caisse sur son chariot et l'ouvrit d'un coup. Puis elle attrapa la télécommande du lecteur C.D. à dix disques et appuya dessus. Une vieille chanson de Blondie, *The Tide is High*, s'enclencha.

— Vous pouvez installer les glacières près du jacuzzi, poursuivit-elle. (Puis, désignant Nate avec la bouteille de vodka :) Il va vous montrer où c'est.

Dans le hall du Sun Valley Lodge, Erik discutait du grand sauvetage de la journée avec un groupe de pisteurs secouristes. Un mec qui voulait montrer à sa petite copine comment skier en arrière s'était pris un arbre. Il s'était empalé le cul sur une branche.

« C'était mortel ! » entendit Serena dire l'un des secouristes.

— De quoi ? s'enquit-elle en grimpant sur les genoux d'Erik.

Il l'enveloppa de ses longs bras et elle enfouit sa joue dans sa poitrine, avide d'attentions.

— Humm, tu sens bon, tu sens le propre.

Les pisteurs secouristes sirotèrent leurs bières en les regardant avec envie. Si seulement ils avaient eux aussi une petite sœur blonde belle comme un top model à qui faire des câlins !

— Hé ! Où est ta copine ? Celle avec la mignonne petite... coupe de cheveux, demanda l'un.

Serena s'assit bien droit et se percha sur le genou de son frère, ses pieds chaussés de bottes Ugg bleu clair effleurant le tapis. Elle tira sur les jambes de son jean Habitual. En général, les gens étaient trop occupés à la regarder pour lui parler d'Olivia. Mais comme celle-ci faisait vachement plus d'efforts pour être belle, peut-être méritait-elle cette attention.

— Elle est en haut, elle se prépare. (Elle donna un petit coup de coude à Erik dans le ventre.) Tu veux monter voir ce qu'elle fait ?

Erik avait apprécié que les secouristes aient remarqué Olivia, vu que tous les deux n'allaient pas tarder à s'envoyer en l'air. Il rendit son petit coup de coude à Serena.

— Aïe !

Le frère et la sœur échangèrent des regards mauvais.

— Je n'ai rien dit de mal, insista Serena d'un air boudeur. (Le regard féroce d'Erik se transforma en sourire amusé.) Quoi ?

— Je crois qu'il y a quelqu'un pour toi, murmura-t-il.

Serena leva les yeux et vit Jan, le futur dentiste et snowboarder blond de l'équipe olympique hollandaise, qui la fixait d'un air attendrissant.

— J'espérais t'accompagner à la soirée.

Les secouristes lui firent de la place. Serena descendit des genoux de son frère. Ce n'était pas précisément le genre d'attention qu'elle espérait.

— Euh… on attend Olivia.

Erik lui donna un petit coup par-derrière.

— Et si vous filiez tous les deux ? (Il désigna les pisteurs secouristes d'un geste.) Je les ai invités à la soirée. Ils pourront nous amener, Olivia et moi.

Juste alors, dans un *bing*, les portes de l'ascenseur s'ouvrirent d'un coup.

Mesdames et messieurs… La Reine de la Montagne !

Olivia avait accroché un petit cœur en or dans ses cheveux et portait les boucles d'oreilles jade que Les Best avait offertes à Serena après qu'elle a eu défilé pour lui. Elle arborait aussi le pull en cachemire bleu clair de son amie, ce qui était une bonne chose dans la mesure où celle-ci avait prévu de le lui donner de toute façon. Il était un peu moulant à la poitrine mais c'était aussi une bonne chose. Olivia aimait bien.

Les pisteurs secouristes de Sun Valley aussi. Ils se donnèrent des petits coups de coude, agitèrent les pieds et marmottèrent bruyamment, comme des animaux dans une basse-cour.

— Hé ! Tu es fantastique ! fit Erik, appréciant que les autres types la matent. (Il tendit la main, possessif.) On y va ?

Olivia se félicitait d'avoir pris son temps. Elle portait même les dessous blancs Hanro en coton uni dont Serena se moquait toujours et qu'elle qualifiait de « culotte de grand-mère ». Mais en vérité, elle avait toujours été plus à l'aise dans ses dessous de grand-mère que dans tous ses strings et culottes de dentelle hyper sophistiqués. Et elle se trouvait aussi plus belle. C'étaient ses dessous de grand-mère qu'elle s'imaginait porter quand on la déshabillerait.

Et quelqu'un allait certainement la déshabiller cette nuit.

nature morte avec des brosses à dents

Ce qui s'était passé avec Leo ce soir-là avait tellement perturbé Jenny qu'elle veilla tard, peignit une nature morte et mit de l'ordre dans ses idées. Comme d'habitude, il n'y avait ni fruits ni légumes au frigo, à l'exception d'une vieille orange pourrie datant de Mathusalem ; de fait, elle peignit des brosses à dents et une savonnette Dove à la place.

C'était tout à fait possible que Leo n'ait pas de chien et ne vive pas dans ce superbe appartement sur Park Avenue.

Peut-être est-il juste une personne normale, une personne ordinaire, songea-t-elle en retouchant soigneusement les poils bleus de la brosse à dents de Dan. *Exactement comme moi.* En fait elle ne savait toujours pas qui il était. Pourquoi ne mettait-il pas les choses au clair au lieu de jouer à des jeux ?

Elle jeta un regard mauvais à sa toile. « C'est nul », grommela-t-elle. Et elle la jeta dans la corbeille à papiers sous son bureau. Tout était nul. Brusquement elle se sentait si… *nulle*.

Et les nuls ont besoin de compagnie.

— Ah, alors maintenant tu as le temps de me parler ? railla Elise en décrochant.

— Je suis désolée, lâcha Jenny. Je me suis comportée comme une idiote.

— C'est bon, dit Elise d'un ton plus doux. De toute façon, je ne vois pas pourquoi tu en fais tout un plat. C'est vrai quoi, s'il était aussi riche et si sa mère était cette folle qui habillait son chien, il ne ferait probablement pas un bon petit copain. Compris ?

Jenny réfléchit.

— Comment tu le sais ? lui demanda-t-elle, suspicieuse. Combien de petits copains as-tu eus ?

Elise ne répondit pas tout de suite. Jenny avait touché un point sensible.

— En fait je croyais que ton frère allait être mon premier, mais je suppose que non.

Jenny s'étrangla de rire.

— Comme si ça avait marché un jour ! Tu ne fumes pas et, en plus, tu n'aimes pas le café !

Elle sentit qu'Elise souriait à l'autre bout du fil et c'était bon d'avoir fait sourire son amie.

— Bref, je crois que tu devrais arrêter de penser à Leo tel qu'il n'est pas et le voir tel qu'il est réellement.

Jenny s'accroupit et sortit la nature morte tachée et encore mouillée de sa corbeille à papiers. Peut-être que si elle cessait de considérer la brosse à dents comme une nature morte mais qu'elle la voyait simplement comme un tableau représentant une brosse à dents, ça marcherait mieux. Elle pourrait même y ajouter quelque chose de pas trop mort, genre Marx le chat. Elle s'allongea sur le ventre et remonta le coin de son dessus-de-lit rose, à la recherche du matou.

— Alors..., fit Elise. Tu vas l'appeler ou quoi ?

Marx n'était pas sous le lit. Jenny se leva et alla devant son ordinateur.

— Non. Il préfère les e-mails.

Elle s'assit, une idée se formant dans sa tête.

Elle s'inviterait chez Leo – au moins, elle était quasiment sûre que cet appartement en sous-sol sur la 81e Rue Est était chez lui. Cet e-mail était un avertissement. Elle découvrirait une bonne fois pour toutes qui il était et ce qu'il faisait dans la vie – qu'il le veuille ou non.

Le téléphone toujours collé à l'oreille, elle se connecta puis se mit à taper.

— Alors tu ne crois vraiment pas que ça aurait pu marcher entre Dan et moi ? insista Elise. Il écrivait un poème sur moi, je crois.

Jenny aurait pu lui dire que son frère était toujours amoureux de Vanessa et que tous les poèmes qu'il écrivait étaient sur Vanessa et lui, même s'il prétendait qu'ils étaient sur quelqu'un d'autre. En plus, elle parierait n'importe quoi qu'au bout de dix minutes, toutes ses conneries, du style : « Je suis une pauvre âme torturée », prendraient la tête à Elise.

— N'y pense même pas ! répondit-elle d'un ton distrait. Désolée, je finis juste ce que je suis en train de faire.

— C'est bon. Je crois que je vais tout de suite envoyer un e-mail à ton frère pour lui dire que c'est qu'un connard.

— Bonne idée, acquiesça Jenny.

Et les deux filles de taper frénétiquement sur leurs claviers tout en respirant violemment au téléphone.

Quand vous avez un message difficile à faire passer, c'est toujours bon d'être soutenu.

envoyer des e-mails aux garçons est tellement plus facile que leur parler en face

Cher Leo,

Je sais que c'est un peu bizarre à dire mais j'ai vraiment l'impression que tu me caches quelque chose et je ne sais pas quoi. Je t'aime vraiment beaucoup et je crois que toi aussi. Mais pourquoi ne m'as-tu jamais invitée chez toi ? Le fait est que maintenant je sais où tu habites. Donc je viendrai demain à six heures, heure à laquelle tu auras fini de promener Daphne, je crois.

Voilà. À demain.

Jenny

Cher Daniel,

Premièrement je voulais te dire tu es un vrai abruti pour t'être foutu de moi parce que tu sais que je suis plus jeune que toi et que j'ai moins d'expérience. Et fais gaffe à qui tu brises le cœur parce que ça pourrait très bien te revenir en pleine gueule. En plus, c'est trop clair que tu es toujours accro de la première et seule fille qui a été assez débile pour sortir avec toi. Ta sœur n'a même pas eu besoin de me le dire – tu es tellement transparent que c'est comme si tu écrivais sur du papier calque. Tu vois, moi aussi je peux faire de la poésie ! Note-le, connard !

Ta meilleure ennemie et meilleure critique,
Elise

o essaie de garder sa prise à l'œil

La porte de la maison de Georgie était grande ouverte. No Doubt braillait des enceintes tant intérieures qu'extérieures et des vêtements étaient éparpillés partout sur les marches de devant. Quatre garçons aux cheveux longs se baladaient en sous-vêtements, mangeaient des boulettes de champignons sauvages et frimaient en exhibant leurs muscles de snowboarders. Lorsque Olivia et Serena arrivèrent avec Erik, Jan et les pisteurs secouristes, ils se retournèrent, l'air ahuri, tout sourires.

— Où est Georgie ? s'enquit Serena, mourant d'envie de trouver la star de la soirée avant que Jan-le-dentiste ne tente un tête-en-tête avec elle.

— Dans le jacuzzi, répondirent les garçons en chœur.

Olivia resta dans le séjour tandis que Serena passait les portes du patio à la recherche de leur hôte, Jan à ses basques. Erik alla concocter des boissons au bar. Il avait suivi un cours de préparation de cocktails le semestre dernier – la chose la plus utile qu'il avait apprise jusque-là à la fac.

Olivia constata que Nate était tout seul sur un canapé de cuir dans un coin du salon, en train de tripoter ses orteils. Il portait son sweat-shirt Brown bleu marine tout pourri et un short de gym jaune de St. Jude en loques. Avec ses boucles châtain doré ondulées et ses yeux verts brillants, il avait l'air d'un petit garçon triste. Olivia voulait s'asseoir à ses côtés et lui demander pourquoi il s'en prenait à ses doigts de pied, pourquoi il était si triste à la soirée de sa petite copine, mais Erik lui apporta un verre rempli d'un truc rose orangé plein de tourbillons.

— Maï taï. Attention, ça se sent pas mais c'est presque *que* de la liqueur.

— Merci, fit Olivia en prenant le cocktail.

En temps normal, elle préférait la vodka-tonic mais elle boirait tout ce qu'Erik lui préparerait.

— Je vais dans le jacuzzi, lança-t-il. Tu viens ?

Olivia secoua la tête.

— Non, merci.

L'idée de sauter dans le jacuzzi avec Georgie et ses compagnons, quels qu'ils soient, n'était franchement pas excitante. Et elle ne voulait pas qu'Erik croie qu'elle était incapable de s'amuser toute seule à une soirée. En plus, il y avait une table entière de plats raffinés à vingt centimètres. Si Erik sortait, elle pourrait se goinfrer sans s'inquiéter qu'il la prenne pour un gros porc morfal.

Les filles ont besoin de se doper, surtout quand une longue nuit les attend.

Dès qu'Erik s'en alla, elle se servit une assiette de rouleaux de printemps et s'affala sur une causeuse à côté d'un type aux cheveux châtains lui arrivant aux épaules qui fumait un joint.

Il leva les yeux sur elle et sourit.

— Tu surfes ?

Olivia n'avait aucune idée de ce qu'il voulait dire.

— Non.

Elle respira un bon coup par les narines. Elle ne se défonçait jamais mais elle se sentit soudain quelque peu nerveuse et tous les adeptes de la fumette qu'elle connaissait étaient hyper relax. Fumer quelques taffes du pétard de ce mec était peut-être exactement ce qui lui fallait.

— C'est du hasch ?

Le type sourit de nouveau et regarda le filtre dans sa main.

— *C'était*. Désolé, y a pu.

Il ne portait ni T-shirt ni chaussures et avait gardé son pantalon de ski – vert vif avec des protège-genoux.

— Alors comment tu as connu Georgie ? lui demanda Olivia en dévorant ses rouleaux de printemps à belles dents.

— Qui ?

Elle sentait que Nate la regardait depuis l'autre bout de la pièce. Peut-être croyait-il qu'elle fumait avec ce mec.

Oh, quelle ironie !

— Dans quelle fac vas-tu ? poursuivit-elle, se figurant qu'il devait avoir vingt ans et allait à l'université.

— Je ne vais pas en cours, lui dit-il. Je fais du snow de mars à décembre puis du surf dans le Pacifique Nord tout l'hiver.

Olivia fourra une boulette frite dans sa bouche et la mâcha.

— Comment tu peux faire du snow tout l'été ?

— Chili. Argentine.

— Et dans le Pacifique Nord, tu vas à Hawaii, j'imagine ?

Ne lui demandez pas comment elle le sait. C'est le genre de chose que *sait* une fille qui a des frères, c'est tout.

Le type hocha la tête.

— Tu fais du surf ?

Olivia fit non de la tête, intriguée par cette idée. Elle s'imagina dans son nouveau bikini Eres rose, un collier traditionnel hawaiien d'orchidées blanches et de fleurs d'hibiscus rouges autour du cou, en équilibre sur une planche de surf, chevauchant une vague immense. Elle serait hyper bien bronzée et ses fesses, incroyablement bien musclées – le genre de cul trop beau dans un string. Et après une longue journée de surf, Erik la masserait avec de l'huile de noix de coco et lui offrirait du poisson frais qu'il aurait pêché le jour-même. Peut-être n'avait-elle absolument pas besoin d'entrer à Yale ni dans aucune autre fac – elle pourrait se contenter de… *faire du surf*.

Nate se leva brusquement et vint la rejoindre. Ses yeux vert émeraude brillaient comme s'il couvait quelque chose. Comme s'il en avait gros sur la patate.

— Salut, dit-il.

— Salut, répondit-elle. Comment ça se fait que tu ne sois pas dans le jacuzzi ?

— Parce qu'il est trop chaud ! rétorqua Nate en haussant les épaules.

Olivia se leva d'un bond et jeta son assiette en papier à la poubelle. Elle n'aimait pas papoter avec Nate alors qu'Erik faisait trempette avec Georgie et Serena. C'était illogique.

— Viens, dit-elle en l'entraînant au-dehors.

— À plus ! leur lança le mec défoncé.

Il avait un peu neigé et le jardin de Georgie étincelait de neige sèche, fraîche et crissante au clair de lune. No Doubt s'était transformé en Missy Elliott et les pisteurs secouristes dansaient avec un groupe de lycéennes du coin sur la terrasse qui entourait le jacuzzi.

Serena avait toujours adoré faire trempette dans des jacuzzis dehors dans la nuit et le froid, surtout lorsqu'il neigeait légèrement et que tout le monde était nu. Cette fois, elle était particulièrement soulagée d'être coincée entre son frère et Chuck Bass tandis que Jan-le-dentiste la matait d'un air rêveur de l'autre côté du jacuzzi.

Georgie avait mangé trop de boulettes ou trop d'autre chose et faisait des poiriers en plein milieu du jacuzzi, sans laisser aucune partie de son corps nu à l'imagination de quiconque.

— Oh, fit Olivia en observant la scène d'un air inquiet.

D'accord, elle avait bien l'intention de se déshabiller ce soir mais pas devant Nate, Georgie, les pisteurs secouristes de Sun Valley et l'équipe olympique hollandaise de snowboard au grand complet. Et encore moins de faire des putains de poiriers.

— Tu viens ? lui cria Erik depuis le jacuzzi.

Serena ôta de l'eau dans ses yeux d'un battement de ses longs cils foncés.

— C'est super !

Olivia descendit les manches de son pull jusqu'à ses poignets.

— Plus tard.

Georgie refit surface et s'essuya le nez. Sa peau était spectrale au clair de lune.

— Laissez-la tranquille, dit-elle. Elle a peut-être ses règles.

Olivia rougit de colère.

— Et Nate, il a ses règles lui aussi ? railla Chuck.

Nate sortit un paquet de cigarettes de la poche de son short, en alluma une et tendit le paquet à Olivia. Puis il s'en alla dans la pelouse enneigée et enténébrée en traînant les pieds, en sweat-shirt, short et tennis.

Olivia porta une cigarette à ses lèvres, regrettant d'être aussi mal pour son ex. C'était bizarre, cette histoire de « je-compatis-pour-Nate ». Et sûrement totalement injustifié.

— Je rentre, dit-elle d'un ton plein de sous-entendus.

Serena donna un coup de coude dans les côtes de son frère.

— Je crois qu'elle te fait signe.

Derrière elle, Olivia entendit quelqu'un sortir du jacuzzi dans un gros floc. « Oh, waouh ! » cria Georgie d'une voix perçante. Elle sut qu'elle s'adressait à Erik.

Désolée, ma belle. Il est déjà pris.

— Attends, Olivia !

Elle s'arrêta dans la cuisine et piqua un macaron au chocolat sur un plateau. Elle en mangea un morceau puis se retourna face à Erik qui ne portait qu'une serviette blanche comme la première fois qu'elle l'avait vu à l'hôtel, le jour de leur arrivée à Sun Valley, le jour où elle avait compris que c'était lui, l'homme qui la déflorerait.

C'était le moment ou jamais.

Elle attrapa une bouteille de Veuve Clicquot sur le bar de la cuisine, la fourra sous son bras et prit le plateau de macarons.

— Apportons ça en haut.

comme le renne du père noël

— Je veux pas rentrer ! protesta Georgie en faisant la moue alors que les lycéennes et les secouristes suivaient Conrad, Jozef, Gan et Frank dans la maison pour manger un morceau. Je veux faire quelque chose de *dément* !

Serena eut des picotements. *Moi aussi, moi aussi !* Elle en avait marre de se farcir le plan dragouille d'Erik et Olivia. Et elle avait hâte d'échapper au regard énamouré de Jan. Il était temps de vivre une aventure.

— T'as vu ? Les secouristes ont cette espèce de luge de sauvetage sur le toit de leur voiture. J'ai toujours voulu en faire…

Georgie était sortie du jacuzzi avant même que Serena n'eût terminé sa phrase.

— Viens ! cria-t-elle en sautant dans ses après-skis, tout le reste de son corps nu comme toujours. On va y jeter un œil !

Abandonnant leurs vêtements, Chuck et Serena la suivirent dans l'allée de la maison bondée de voitures. Rapidement et discrètement, Georgie et Chuck détachèrent la luge du toit du break Subaru des secouristes et la descendirent dans la neige. Georgie ouvrit la portière arrière de l'une des Mercedes SUV de l'équipe olympique hollandaise de snowboard et chercha quelque chose à tâtons.

— Quelqu'un en veut ? cria-t-elle.

— Moi, répondit Chuck en la rejoignant.

Serena ignorait ce que Georgie proposait mais la seule chose dont elle avait besoin en ce moment c'était d'un manteau bien chaud.

— On ne va pas avoir froid ? tenta-t-elle.

Une épaisse couverture blanche était sanglée à la luge mais s'ils ne mettaient rien en dessous, ils mourraient d'hypothermie.

— Tu ne veux pas refaire la une des journaux ? fit Chuck d'une voix rauque.

On aurait dit qu'il sniffait quelque chose.

Georgie sortit la tête de la Mercedes et claqua la portière. Elle se frottait le nez et ses yeux noisette écarquillés.

— On y va, dit-elle. (Elle désigna Serena du doigt.) Toi, tu te mets dans la luge et Chuckie et moi, on te poussera – comme le renne du Père Noël !

Pas du genre à foutre une soirée en l'air et éternellement reconnaissante à Jan-le-dentiste d'être trop mauviette pour se joindre à eux, Serena détacha la couverture blanche, s'emmitoufla dedans puis s'allongea dans la luge. Georgie s'accroupit à côté d'elle et lui coinça les bras sous la couverture. Puis elle attacha les sangles, les serra bien fort sur son corps comme si tous ses os étaient cassés et qu'elle voulait les recoller. Serena remarqua des gouttelettes de sueur perler sur la lèvre supérieure et le front de Georgie, bien qu'il ne fît que moins 2° et qu'elle fût nue.

— Prête ? hurla Georgie, les après-skis enfouis dans la neige jusqu'aux chevilles.

C'était bizarre et un peu flippant de se retrouver attachée allongée. Serena ne pourrait pas défaire les sangles si elle le voulait. Sous la couverture, elle colla ses paumes à ses cuisses pour s'équilibrer.

— Prête !

Georgie et Chuck gloussèrent en tirant sur le harnais de la luge, leurs culs nus tendus d'effort quand ils la tractèrent dans l'allée puis sur le bas-côté de Wood River Drive.

— Attendez, où on va ? cria Serena, en vain.

Elle leva la tête pour voir mais parvint tout juste à distinguer deux corps nus qui luisaient au clair de lune et qui trottaient sur la route tranquille. Chuck avait conservé une marque de bronzage de son Noël à St. Bart et Georgie était blanche comme neige.

Mais loin d'être aussi pure.

Serena avait mal au cou et était sur le point de laisser retomber sa tête lorsque des phares éclairèrent les corps de Chuck et Georgie. Une voiture arrivait.

— *À l'aide !* cria-t-elle, le visage embrasé tellement elle devait avoir l'air pathétique.

Tant pis pour cette étrange vision.

— *Ouh !* Joli cul ! cria quelqu'un par la vitre lorsque la voiture passa devant eux dans un crissement.

La luge fit des embardées et continua de glisser alors que le véhicule disparaissait au loin.

— Hé, vous deux ! cria Serena en tendant le cou. Vous pouvez vous arrêter ?

Ses prétendus amis ne se retournèrent même pas. Peut-être ne l'entendaient-ils pas, ou feignaient-ils de ne pas l'entendre.

— *S'il vous plaît !*

Mais ils poursuivaient leur course. La route s'éclaira

de nouveau alors qu'une autre voiture approchait. Cette fois, le véhicule ralentit. Puis une sirène beugla et des lumières rouges et blanches tourbillonnèrent dans la nuit.

— Merde, c'est la police ! hurla Chuck. Courons !

— Non ! cria Serena en retour.

La luge fit des embardées et glissa alors que la voiture de police avançait.

« Barrons-nous ! Barrons-nous ! » entendit-elle Georgie hurler.

Brusquement, la luge zigzagua dans tous les sens puis caréna dans un fossé. Elle roula et se renversa dans un ruisseau de neige fondue et glacée. De l'eau suinta à travers la couverture de laine et lui recouvrit les genoux. C'était si froid qu'elle avait chaud.

— *Arrêtez-vous ! Arrêtez-vous immédiatement !* ordonna la police en se lançant à la poursuite de Chuck et Georgie, les lumières sur le toit de leur voiture tournoyant au loin.

Serena frissonna dans le fossé. Les flics ne l'avaient pas vue.

— Aidez-moi, pleurnicha-t-elle. Je vous en prie, aidez-moi !

le faire ou ne pas le faire

— Voilà. Maintenant on est habillés exactement pareil, déclara Olivia en sortant de la salle de bains de la mère de Georgie, uniquement drapée d'une serviette.

Erik posa le magazine de ski qu'il lisait en l'attendant au lit.

— Cool.

La chambre comportait un haut plafond de bois incliné et de gigantesques fenêtres triangulaires mal assorties donnant sur le mont Baldy. Les phares des autoneiges qui préparaient les pistes pour le lendemain scintillaient dans l'obscurité. Olivia se demanda brièvement si Nate se baladait toujours dans la neige en tennis ou s'il avait retrouvé la raison et était rentré. Non pas que cela l'intéressât. Elle tourna et retourna son rubis à son doigt et reposa les yeux sur le lit. *Je vais devenir une femme*, se rappela-t-elle.

Même avec des miettes de biscuits sur le menton et torse nu, et les cheveux humides et emmêlés pour avoir trempé dans le jacuzzi, Erik était irrésistible. Elle s'approcha de la table de nuit et but une gorgée de champagne à même la bouteille.

— Ça y est, je suis prête.

Erik lui prit la main et la fit venir sur lui. Leurs

lèvres se scellèrent dans un mélange palpitant de champagne et de chocolat. Il se colla contre sa hanche. Il avait l'air prêt, lui aussi.

Elle ferma les yeux ; la musique montait de la fête en bas, un morceau de hip-hop qu'elle ne reconnaissait pas. Le soir où elle avait cru qu'elle le ferait avec Nate, elle avait programmé un mix de C.D. et rempli sa chambre de bougies. Et rien ne s'était passé. Cette fois, elle était dans une maison inconnue avec une musique inconnue en fond sonore. Mais peut-être était-ce mieux ainsi – plus le scénario était nul, plus il y avait de place pour les expériences. Non pas qu'elle voulût tenter quelque chose de bizarre.

Bien sûr que non.

— Ouvre les yeux, murmura Erik en fourrant son nez dans son cou. Tu as de beaux yeux.

Olivia s'exécuta et gloussa intérieurement. Elle embrassait le grand frère sexy de Serena ! Elle referma les yeux, s'immergeant dans une nouvelle série de bouche-à-bouche. Apparemment c'était plus simple de le faire plutôt que de penser à ce qu'elle faisait et avec qui elle le faisait. Erik tira la couette en soie couleur cannelle et fila dessous. Olivia le rejoignit avec un petit gloussement et enleva sa serviette qu'elle balança par terre avec plus de panache qu'elle n'en avait l'intention.

Ta-da !

— Tu l'as déjà fait, hein ? s'enquit Erik en tapotant doucement ses doigts virils le long de sa colonne vertébrale.

Olivia frissonna – en partie de plaisir et en partie de peur – et ferma bien les yeux.

— Oh, bien sûr.

Elle sentit l'érection du jeune homme contre sa jambe. Peut-être ne seraient-ils pas obligés d'aller jusqu'au bout, juste de le faire un tout petit peu, c'était tout. Puis elle se souvint de ce que Serena et elle conseillaient aux élèves de troisième dans leur groupe de discussion. *Ne le faites pas pour le faire. Faites-le avec quelqu'un que vous aimez et qui se soucie de ce que vous ressentez. Et ne le faites pas tant que vous n'êtes pas sûre à cent pour cent d'être prêtes.*

Ça avait toujours été facile pour Serena de seriner ce genre de choses. Elle avait perdu sa virginité l'été de la seconde avec Nate, rien de moins. C'était le *truc* constant, invisible, tacite qui demeurait entre elles deux. Le point noir de leur amitié.

Lorsque Olivia abordait le sujet du sexe dans le groupe de discussion, elle s'exprimait avec une telle autorité qu'elle s'imaginait presque l'avoir fait, parfois. Et d'accord, elle en avait été à deux doigts – avec Nate, à plusieurs reprises quand ils sortaient ensemble – mais pas *aussi près que ça*. Elle avait toujours arrêté, pour remettre à plus tard.

Ce qui, étant donné qu'Erik et elle étaient tous les deux nus et allongés *très* près l'un de l'autre, était, genre, *maintenant tout de suite.*

— Tu es nerveuse ? lui demanda-t-il en lui caressant les cheveux et en la regardant dans les yeux, à sa façon super mignonne bien à lui.

— Non. Pourquoi ? J'en ai l'air ? répliqua Olivia un peu trop rapidement.

— C'est juste que tes genoux n'arrêtent pas de me repousser…

Elle n'avait même pas réalisé ce que faisaient ses

genoux. Même si elle mourait d'envie de se jeter à l'eau et d'en finir, son corps, lui, en avait clairement décidé autrement.

Comment perdrait-elle sa virginité si son corps même refusait de coopérer ?

son chevalier en armure brillante

Nate retournait chez Georgie, les jambes engourdies par le froid et les tennis trempées par la neige, prêt à capituler et à sauter dans le jacuzzi. Il avait cru qu'une bonne marche en solitaire l'aiderait à faire le vide dans sa tête mais il avait tellement de choses à penser – son entrée à Brown, ne pas être capitaine de lacrosse, les velléités de Georgie, Olivia qui semblait faire comme si elle ne le voyait pas – qu'il se dit simplement que ce serait franchement trop bien de se fumer un pétard pour oublier tous ses problèmes.

— Merde, jura-t-il dans sa barbe en longeant le bas-côté de Wood River Drive d'un bon pas.

« *Je vous en prie, aidez-moi !* » fit une petite voix implorante qui provenait du fossé à sa gauche.

Nate virevolta sur lui-même, les yeux exorbités quand il reconnut les cheveux blond clair et le corps familier sanglé dans une luge de secouriste renversée dans le fossé. S'il n'avait pas été aussi sobre, il aurait cru qu'il faisait une espèce d'allergie mentale à l'herbe, quelque chose de ce genre.

— Serena ? (Il s'agenouilla et se mit à détacher les sangles.) Bordel, qu'est-ce qui s'est passé ?

Dès que Serena eut les bras libres, elle prit Nate par

le cou, le serra contre elle et sanglota à n'en plus finir. Ça lui aurait été égal si Jan était venu la sauver mais il s'agissait de Nate et c'était dix mille fois mieux.

— Tout va bien, tout va bien, murmura-t-il en lui caressant les cheveux d'une main tout en défaisant les dernières sangles de la luge de l'autre.

Lorsqu'il les eut toutes détachées, il retira l'épaisse couverture de laine, loin d'imaginer ce qu'il trouverait en dessous.

— Waouh !

Il la prit sous les bras, l'aida à se relever puis l'enveloppa de nouveau dans la couverture.

Serena tangua contre lui, trop soulagée pour être gênée, voire lui expliquer ce qu'elle fichait nue dans un fossé, attachée à une luge de sauvetage en montagne.

Nate se pencha et l'attrapa comme un bébé *king size.*

— Je te ramène. Tu as besoin d'un bain brûlant, de vêtements chauds et après tu seras comme neuve.

Il descendit la route qui menait à la maison, ses bras et ses jambes embrasés par l'énergie de son sauvetage viril. Serena laissa tomber sa tête sur son épaule et souffla de l'air doux et chaud dans son oreille. Peut-être était-ce Nate, son Natie, avec qui elle était censée sortir depuis toujours. Son chevalier en armure brillante. L'amour de sa vie.

Lorsqu'ils arrivèrent chez Georgie, Nate, l'efficacité incarnée, porta Serena en haut dans la salle de bains d'amis et lui fit couler un bain bouillant. Pendant qu'elle se détendait dans les bulles, il descendit le couloir jusqu'à la chambre de la mère de Georgie pour trouver un peignoir bien chaud et des chaussettes en cachemire bien confortables. La porte était fermée mais comme l'équipe de nettoyage ne l'avait pas ouverte depuis qu'il était arrivé, il n'hésita pas à entrer sans frapper.

Oups.

Nate resta paralysé sur le pas de la porte, cillant. Les vêtements d'Olivia étaient par terre et sa main fine avec son petit rubis, enroulée autour du cou d'un blond. Le blond en question tourna la tête, et il s'avéra que ce n'était pas un membre de l'équipe hollandaise olympique de snowboard – ouf ! – mais Erik van der Woodsen, le grand frère de Serena. Ce qui ne valait guère mieux.

— Désolé, marmonna Nate. J'avais juste besoin de prendre un truc dans le placard.

— Hum. Tu peux revenir plus tard ? On est un peu occupés, là, fit Erik, pas gêné le moins du monde.

Nate resta planté à les fixer, les mains dans les poches. Il fallait qu'on lui explique ou qu'il reconnaisse la moitié inférieure de la partie de jambes en l'air d'Erik et Olivia pour qu'il puisse tourner les talons.

Mais Olivia resta allongée, les yeux fermés. Erik avait presque convaincu son corps de faire le voyage qu'elle voulait initialement entreprendre mais, en reconnaissant la voix de Nate, elle annula le vol. Enfin, elle entendit la porte se refermer et les pas du jeune homme s'en aller à toute allure dans le couloir. Elle se releva sur les coudes et éloigna son corps de celui d'Erik, remontant le drap sur sa poitrine pour se couvrir.

— En fait, ça allait être ma première fois, avoua-t-elle en rougissant de honte pour lui avoir menti quand il lui avait demandé. Mais j'imagine que je ne suis pas prête.

Elle leva ses yeux bleus écarquillés sur Erik, espérant de tout cœur qu'il ne lui en voudrait pas trop.

Les adorables lèvres du jeune homme se retroussèrent en un demi-sourire.

— Nan. Tu es prête. Je ne suis pas le bon mec, c'est tout.

Et qui est le bon mec, ce n'est un secret pour personne.

gossipgirl.net

thèmes ◄précédent suivant► envoyer une question répondre

Avertissement: tous les noms de lieux, personnes et événements ont été modifiés ou abrégés afin de protéger les innocents. En l'occurrence, moi.

salut à tous !

Je sais, je sais, ça fait un bail. Les vacances de Pâques sont presque terminées, et d'après mes sources, tout le monde est assez occupé pour oublier les lettres d'admission à l'université qui devraient arriver dans nos boîtes dans moins de deux semaines. Oui, on a été bookés, surbookés, *overbookés*. Mais avant que je vous raconte *qui* a eu *quels* problèmes et *où*, laissez-moi d'abord clarifier deux trois trucs, dans le désordre :

a) Les membres de l'équipe olympique hollandaise de snowboard ne sont pas *tous* gays, mariés ou chiants. Je le sais parce que je suis sortie super brièvement avec l'un d'eux quand ma famille skiait à Banff. Il s'appelait Jansen et il était trop canon.

b) Si vous êtes encore vierge quand vous entrerez à la fac, vous ne serez pas la seule. Je le sais… parce que je le sais, c'est tout.

c) Ce n'est pas un délit fédéral de jeter du courrier dans une rivière, à moins que vous ne travailliez pour la poste.

d) *C'est* un délit fédéral de ne pas répondre à l'e-mail d'une fille alors que tout ce qu'elle souhaite, c'est que vous lui pardonniez et que vous fassiez la paix. C'est aussi un délit fédéral de recevoir un cadeau et de ne pas dire merci. *Et* c'est assurément un délit fédéral de courir nu sur une voie publique, surtout lorsque vous êtes poursuivi par la police – voir infos ci-dessous.

e) Enfin et surtout, même si je déteste le dire, on se sent vachement mieux quand on ne se dispute pas avec nos parents.

Ravie d'avoir mis les choses au point. Maintenant, les dernières nouvelles...

L'HÉRITIÈRE DU CONNECTICUT TRISTEMENT CÉLÈBRE ET LE JET-SETTEUR DE L'UPPER EAST SIDE ARRÊTÉS POUR ATTENTAT À LA PUDEUR

Elle nous a choqués en vendant son cheval de concours préféré pour acheter de la drogue et il nous a choqués en apparaissant tout gominé dans une pub européenne pour après-rasage. **G** et **C** ont été arrêtés hier soir pour s'être baladés sur une nationale, *à poil* ! On a appris plus tard que tous deux étaient sous l'emprise d'un tas de substances illicites et qu'ils avaient également volé une luge de sauvetage en montagne que les autorités ont ensuite rendue à qui de droit, aux pisteurs secouristes. Les deux parties ont été libérées sous caution ce matin et renvoyées chez elles, respectivement à Greenwich et à New York, en jet privé. D'après la rumeur, la police de Wood River ainsi que les pisteurs secouristes de Sun Valley ont déjà reçu d'énormes chèques « anonymes » en guise de donations pour étouffer l'affaire. **G** est déjà de retour à Breakaway, où elle a gagné une inscription à vie. **C** a été privé de sortie, ce qui signifie qu'il ne pourra plus utiliser la suite familiale du Tribeca Star Hotel ni la voiture avec chauffeur de sa mère. Pauvre chéri. Toujours d'après la rumeur, une très belle lycéenne / top model de l'Upper East Side était impliquée dans l'incident mais elle a réussi à échapper à la police et à s'enfuir. Plus tard ce soir-là, un mystérieux et magnifique autochtone l'a raccompagnée à son hôtel. C'est bien notre fille !

ON A VU

V, couver des yeux les caméras dans la vitrine de **49th Street Photo** comme un enfant devant une animalerie. Pauvre chou, elle a trop hâte que ses parents rentrent chez eux. **O** et **E** et un tas de pisteurs secouristes de **Sun Valley** boire une bière dans un bar de **Ketchum**, Idaho, sans – croyez-le ou non – aucune tension sexuelle apparente. Il paraît que ça peut arriver aux filles une fois qu'elles… *vous voyez ce que je veux dire*, qu'elles n'ont plus envie de flirter. **J**, en planque dans l'Upper East Side, comme d'habitude, cachée derrière des arbres. C'est quoi son problème, au juste ? **S** et son frère **E** se lâcher sur les pistes tout seuls à **Sun Valley**.

VOS E-MAILS

Q: Chère GG,

Je connais un mec depuis que je suis toute petite et je suis presque sûre d'être amoureuse de lui depuis toujours. Je m'en suis pas rendu compte, c'est tout. Il est sorti avec ma meilleure amie et maintenant il est avec une autre copine à moi bien que je sois quasi sûre que c'est presque fini. J'ai besoin de savoir s'il ressent la même chose pour moi mais je ne sais pas quoi faire.

— paumée

R: Chère paumée,
Tu sais ce que je fais quand je ne sais pas quoi faire ? Attrape-le. Embrasse-le et à partir de là tout se mettra en place. S'il ressent la même chose, tu le sauras. Sinon, tu le sauras aussi. Bonne chance, ma belle.
— gg

Q: Chère Gossip girl,
J'adore ta rubrique. Tu es une nana cool. J'aimerais bien connaître ton nom parce que je suis sûr que tu es une fille que je viens de rencontrer au ski. Je ne te reverrai sûrement jamais car je vis très loin de l'Amérique mais je t'aimerai toujours à distance.
— Jan

R: Cher Jan,
J'ai le sentiment qu'on s'est rencontrés il y a très longtemps. Et même si je ne suis pas la fille dont tu parles, je te donne la permission de m'aimer à distance. Mais que ça n'aille pas plus loin, OK ?
— GG

On se voit à l'école la semaine prochaine. Ça va quand même être cool de retrouver nos lits, enfin.

Vous m'adorez, ne dites pas le contraire.

gossip girl

c'est le geste qui compte

Lorsque l'interphone sonna, Gabriela et Ruby préparaient des barres énergétiques biologiques sans levure, sans sucre, aux céréales complètes et aux baies sauvages, dans le coin cuisine du petit appartement des filles. Jordy et Vanessa, quant à eux, aidaient Arlo à attacher les jonquilles volées dans le parc du coin au filet de pêche qu'il avait rapporté chez lui. Les jonquilles incarnaient soi-disant l'espoir, bien que Vanessa ne sût pas trop ce que le filet de pêche fût, quant à lui, censé représenter. Le filet était rêche et lui coupait les mains, et Jordy l'énervait, brusquement passionné par ses parents et par leur boulot. Il s'était même déchaussé en entrant, comme eux, et portait un collier de perles arborant le signe de paix qu'il avait vraisemblablement piqué dans une boîte de vieilleries de sa mère. Inutile de dire que le bruit de l'interphone fut un signe bienvenu pour que Vanessa laisse tomber ce qu'elle faisait et s'enfuie en *courant*.

— J'y vais ! cria-t-elle en fourrant une jonquille dans les mains obligeantes de Jordy.

Elle se rua à l'interphone :

— Oui ?

— C'est le facteur, madame. J'ai un colis pour vous.

Vanessa lui ouvrit. Arrivé en haut de l'escalier, il lui tendit un paquet. Il lui était adressé et les coordonnées de Dan figuraient en haut à gauche.

Elle ferma la porte et s'assit par terre, déchirant l'emballage avec ses dents. À l'intérieur, un vaisseau spatial rose fluo avec trois fillettes en plastique debout dessus était enveloppé dans du papier journal. Celles-ci arboraient toutes les trois une queue-de-cheval noire et des robes de plastique vert. Elle retourna le jouet, le mit en marche, puis le posa par terre. Une chanson pop japonaise démente démarra tandis que les petites filles sur le vaisseau spatial tournoyaient non-stop et que de petites lumières s'allumaient et s'éteignaient à leurs pieds. C'était vulgaire et horrible – mais super fantastiquement vulgaire et horrible.

— Notre mère la Terre ! s'exclama Gabriela en venant jeter un œil. Qui peut bien t'envoyer une chose pareille ?

Ce merveilleux garçon que tu pensais que j'épouserais un jour ?

— Je l'aime bien, déclara Vanessa. C'est tellement nul que c'est super !

Jordy, une guirlande de jonquilles autour du cou, s'approcha. Il regarda la chose en fronçant les sourcils comme si c'était censé vouloir dire quelque chose.

— Qu'est-ce que c'est ?

— Un truc, c'est tout, répondit Vanessa, des idées pour son prochain film s'entassant déjà dans sa tête. Hé, tu veux bien te baisser un moment ? lui demanda-t-elle en pensant à son nez.

Il s'exécuta avec empressement et elle ferma un œil, mettant ses doigts en coupe autour de l'autre, comme si elle regardait son nez hallucinant par l'objectif de la caméra, le vaisseau spatial rose fou tournoyant et s'éclairant en arrière-plan.

C'est pour quand l'oscar ?

— Ne bouge surtout pas !

Vanessa partit dans sa chambre en courant pour chercher sa caméra dans son armoire. Si elle faisait vite, ses parents ne se rendraient compte de rien.

— Bouge pas, murmura-t-elle en mettant la caméra à son œil, zoomant sur le nez de Jordy et en veillant bien à ne pas cadrer le collier signe de paix et les jonquilles. C'est bon, c'est dans la boîte.

Elle éteignit la caméra et la fourra dans son sac à dos noir près de la porte. De l'autre côté du séjour, son père la regardait curieusement, les lumières du jouet qui clignotaient embrasant ses yeux. Elle retourna chercher des batteries de rechange dans sa chambre. Dorénavant, elle emporterait le vaisseau spatial et la caméra partout avec elle, capturerait tous les trucs fous qui l'inspireraient, le jouet restant la seule constante à jamais en arrière-plan.

— Je peux me lever maintenant ? demanda Jordy quand elle revint.

Il était toujours agenouillé, mal à l'aise, devant le vaisseau, patraque à cause de la chanson de cinglé qui passait en boucle.

Vanessa éteignit le jouet et le balança dans son sac avec ses batteries et ses objectifs de rechange.

— Ouais, tu peux y aller, lui répondit-elle d'un ton absent.

En clair, elle n'avait plus besoin de lui.

— Hé, tu vas où ? lui cria Ruby depuis la petite cuisine.

Au ton de sa voix, Vanessa comprit que sa sœur

savait parfaitement ce qu'elle avait en tête. Elle laça ses Doc Martens et enfila par la tête le coupe-vent noir qu'elle avait acheté au surplus de l'armée marine.

— Je sors, cria-t-elle en claquant la porte, les yeux de son père brûlant des trous de curiosité dans son dos quand elle s'en alla.

la réponse est peut-être écrite sur le mur des toilettes

Petite mignonnette, douce coquette
Je goûte tes biscuits, je goûte ton pain,
Tu emplis mon assiette

Dernier jour de stage avant la reprise des cours. Aux toilettes pour hommes de la *Lettre rouge*, Dan lisait et relisait les mots qu'il avait écrits sur le bout de papier qui avait disparu de son bureau voilà une semaine. Il avait trouvé l'autre poème dans lequel il avait utilisé le dernier vers – *tu emplis mon assiette* – et avait l'intention de le reformuler dans son nouveau poème. Mais c'était la vision momentanée d'Elise une baguette à la main qui le lui avait inspiré et tant son intérêt pour la jeune fille que son intérêt pour finir le poème s'était tari.

Cela avait-il par hasard quelque chose à voir avec un certain e-mail qu'il avait dû recevoir récemment ?

Ce n'était pas uniquement à cause du vers redondant qu'il n'arrivait pas à quitter des yeux les mots inscrits sur le mur des W.-C. Les mots qu'il fixait n'étaient même pas les siens. Qui que ce fût qui avait copié son œuvre inachevée sur le mur avait inscrit en dessous : *À celui qui le lira : voir ci-dessus pour apprendre à* mal *écrire.*

OK, ce qu'il avait écrit était concon ; c'était un truc de filles qui ne voulait pas dire grand-chose. Il était le premier à le reconnaître. Mais insulter aussi ouvertement la prose d'autrui était purement et simplement… méchant et immature. C'était comme dire des horreurs sur votre mère : *vous seul* aviez le droit de le faire.

— Salauds, marmonna Dan dans sa barbe en tirant la chasse.

Il sortit un marqueur noir de sa poche arrière et se mit à griffonner à côté de son poème.

À celui qui le lira : Comment ne pas *être un connard :*

1. Ne volez rien sur le bureau des autres surtout quand ils ne vous connaissent pas suffisamment bien pour trouver ça drôle.

2. Ne supposez jamais qu'un poème est terminé. En fait ne supposez jamais rien et ne cassez personne. Parce que vous me cassez et vous vous cassez.

3. Allez vous faire mettre, parce que personne d'autre ne le fera.

Il fourra le marqueur noir dans sa poche, se lava les mains et ouvrit la porte d'un coup de pied, évitant de justesse de rentrer dans Siegfried Castle.

— Mon fieux, fit M. Castle avec son bizarre accent allemand, je rezois des coups de vil comme quoi zertains zèques ne zont jamais arrifés. Mais fous les afez enfoyés fous-même la zemaine dernière. Wusty fient d'appeler : Mystewy Cwaze est coinzée à Helzinki parce que Wusty ne peut pas lui enfoyer zes indemnités de déplazement.

Dan se dirigea vers son bureau et ramassa sa besace noire multipoche. Il était tenté de dire à Sig Castle que le chèque de Mystery était en route pour Helsinki via l'Hudson River mais il ne voulait pas être viré – il voulait démissionner.

M. Castle l'avait suivi à son bureau et le dévisageait avec son méchant regard allemand.

— Et si vous vous trouviez un autre esclave ? siffla Dan.

Il grimpa sur sa chaise pour lire les mots écrits sur la ligne horizontale rouge peinte tout autour de la pièce. *Lettre rouge, Lettre rouge, Lettre rouge* revenait en boucle.

— C'est hyper créatif, ajouta-t-il en sautant de sa chaise.

Puis il s'en alla.

Trente secondes à peine après son départ, son portable sonna odieusement dans sa poche arrière. Sans regarder l'écran, Dan sut parfaitement qui appelait.

— Oh bordel, mon vieux ! PERSONNE, je dis bien PERSONNE ne démissionne de la *Lettre rouge* ! lui cria Rusty Klein. Tu es censé ABSORBER l'aura du génie littéraire ! Tu es censé FAIRE CE QUE L'ON TE DIT ! Tu n'es qu'un STAGIAIRE, bordel de merde ! Tu ne peux pas DÉMISSIONNER !

Dan remonta la 7e Avenue Sud à longues enjambées, le téléphone collé à l'oreille, bien déterminé à ne pas laisser son agent gâcher cette sensation de triomphe qui parcourait son corps.

— Désolé mais je ne vois pas ce qu'envoyer des lettres, acheter du caviar ou faire des photocopies a à voir avec écrire de bons poèmes.

Rusty resta silencieuse – au moins un instant.

— Saute dans un taxi, mon chou. Je te retrouve au Plaza dans dix minutes. Je crois que je saurai gérer tout ça.

Dan se trouvait en haut des marches du métro sur la 14e Rue. Il se dit que Rusty avait tout mis en œuvre pour le convaincre d'arrêter l'école et écrire ses Mémoires, ce qui n'était absolument pas ce qu'il voulait faire. Il désirait aller à la fac pour vivre de nouvelles expériences et apprendre à mieux écrire, et il n'avait pas besoin d'agent pour cela.

— C'est bon. Je crois que je peux gérer tout ça tout seul. En fait je crois que je peux *me* gérer tout seul. Du moins pour un moment en tout cas.

Rusty ne répondit pas tout de suite. Il entendait les téléphones sonner et son assistant, Buckley, répondre frénétiquement. Dan attendit qu'elle lui hurle quelque chose, genre qu'il ne savait pas ce qui était bon pour lui, mais elle se contenta de dire :

— Tu es sûr ?

— Ouais, répondit fermement Dan. Merci.

— Oh bordel ! Alors bonne chance !

— À toi aussi, répondit-il sérieusement avant de raccrocher.

Rusty Klein était folle, intimidante et un peu tyrannique mais elle lui manquerait tout de même.

Il se réfugia dans la boutique de beignets derrière lui et commanda un grand café noir et un beignet à la confiture, tout en composant le numéro de Vanessa en attendant. Ses mains tremblaient quand il transporta l'énorme gobelet de café brûlant au-dehors. Il le posa par terre, alluma une cigarette et attendit pendant que le téléphone sonnait dans le vide.

— Salut, dit-il lorsque son répondeur s'enclencha.

Je t'ai envoyé quelque chose. Je me demandais si tu l'avais reçu. (Il tira une longue taffe, tentant de trouver autre chose à dire.) C'est Dan au fait. J'espère que tu vas bien. Euh… bye, ajouta-t-il avant de raccrocher.

Bien. Ce n'était pas exactement : « Désolé, réconcilions-nous », mais au moins ça brisait la glace.

parfois la vérité blesse

Leo attendait Jenny devant le portail de fer noir.

— Salut, dit la jeune fille, les joues rouges à l'idée de s'être invitée chez lui.

Leo ouvrit maladroitement le verrou de la porte. Il désigna d'un signe de tête le vélo appuyé contre les poubelles en fer dans l'entrée.

— Papa fait plusieurs tours de parc tous les matins. Il est en super forme pour son âge.

C'était la première fois qu'il lui parlait de son père. Elle l'avait toujours imaginé seul et sans père dans l'immense appartement rose et blanc de sa mère sur Park Avenue, à regarder la télé et à brosser son toutou pourri gâté avec une brosse en or, pendant que sa mère dépensait les millions de sa pension alimentaire en vestes de chien griffées et en dîners avec des hommes plus jeunes.

— Salut, je suis là ! lança Leo en ouvrant la porte de l'appartement. Donne, dit-il à Jenny en prenant sa parka noire et en l'accrochant sur la sienne. Viens.

Jenny le suivit dans l'étroit couloir obscur. L'appartement sentait le pop-corn rassis et le Pine-Sol. La peinture blanche aux murs s'écaillait et se lézardait, et le tapis bordeaux usé peluchait. Ça lui rappelait chez elle, en pire.

— Maman, papa, voici Jennifer, la fille dont je vous ai parlé.

La mâchoire de Jenny faillit tomber sur ses nouvelles chaussures de sport Steve Maden rétro en daim rouge, lorsqu'elle vit M. et Mme Berensen. Ils portaient un survet gris assorti et mangeaient du pop-corn de micro-ondes, les pieds posés sur le plateau de verre de la table basse en rotin, regardant la télé dans leur minuscule séjour sombre. Mme Berensen était toute petite, avec des cheveux blancs courts et des yeux bleu vif, entourés de minuscules rides d'expression. M. Berensen avait au moins quatre-vingts ans, des cheveux blancs, de longues jambes osseuses et un visage bronzé et parcheminé. Ils étaient tous deux si maigres qu'on aurait dit qu'ils se nourrissaient exclusivement d'eau et de pop-corn.

— C'est un plaisir de… vous rencontrer, bégaya Jenny.

Elle fit un pas en avant pour leur serrer la main.

— Oh, n'est-elle pas mignonne ? s'exclama Mme Berensen.

— Nous regardions justement un vieux James Bond, ajouta son époux. Asseyez-vous avec nous si vous voulez.

Il grogna en s'agitant sur le canapé de velours bordeaux pour leur faire de la place. Jenny ne comprenait pas comment il pouvait raisonnablement faire le tour du parc à vélo. On aurait dit qu'il allait tourner de l'œil et mourir sur place.

— C'est bon, dit Leo en touchant le coude de son amie. Viens, je vais te montrer ma chambre.

Jenny se mordit la lèvre en le suivant dans la pièce adjacente. Elle se détestait d'être déçue comme ça. Qu'est-ce que ça pouvait faire si Leo n'était pas un prince qui vivait dans un appartement select avec portier sur Park Avenue ?

Parce qu'un mec doit avoir quelque chose de plus qu'un caractère doux et de mignonnes dents ébréchées !

La chambre de Leo était encore plus déprimante que le reste de l'appartement. Un lit une place était poussé contre le mur, garni d'une espèce de couvre-lit à carreaux jaunes et verts comme s'il sortait d'un motel de 1979 ; les murs étaient blancs unis, le tapis marron pelucheux, et un Mac géant trônait sur un bureau de bois éraflé. L'ordinateur était clairement l'objet le plus cher et le plus récent que possédaient les Berensen.

Jenny se percha sur un bord du lit et éternua violemment. Elle faisait une réaction allergique à toute cette situation.

Qui n'en ferait pas ?

Leo s'assit sur sa chaise de bureau en bois dure et agita la souris jusqu'à ce que l'ordinateur se réveille d'un coup.

— C'est ce que je fais la plupart du temps quand je ne suis pas à l'école ou avec toi.

— Oh ?

Jenny se demanda s'il allait lui faire voir une espèce de forum de discussion bizarre sur lequel il prenait l'identité de quelqu'un d'autre.

— Viens, je vais te montrer.

La mort dans l'âme, elle se leva et s'approcha pour jeter un œil, s'attendant à lire un tas de messages ennuyeux. Au contraire. C'était un tableau, une réplique exacte de *l'Anniversaire* de Marc Chagall avec quelques petites fioritures qui étaient l'œuvre de Leo.

— C'est toi qui as fait ça ? s'enquit Jenny, lorsqu'elle eut retrouvé sa voix.

C'était *génial.*

— Ouais, mais ce n'est pas encore terminé. Il faut que je fasse quelque chose à la vitre. C'est un peu froid. (Il se mit à ouvrir des menus de palettes de couleurs et des techniques d'ombres.) Je pourrais la détourer en or… (Il jeta un œil à Jenny.) Qu'en penses-tu ?

Elle retourna sur le lit parce qu'il n'y avait pas d'autres sièges et rebondit plusieurs fois dessus pour s'éclaircir les idées.

— Je croyais vraiment que tu vivais dans cet appartement chic sur Park Avenue. Je pensais que Daphne était ton chien.

Elle arrêta de faire des petits bonds, regarda le tapis et déglutit.

— J'imagine que c'est ce que je voulais que tu penses. C'est pour ça que je t'ai emmenée là-bas.

Jenny leva les yeux. Leo était beaucoup moins beau et fringant affalé sur sa chaise de bureau dans cette chambre hideuse.

— Mais Elise m'a dit qu'elle avait entendu que tu étais allé à cette soirée de bienfaisance au Frick. Et ta belle veste en cuir… (Elle mit ses mains sous ses cuisses.) Je croyais que tu habitais là-bas, répéta-t-elle.

Leo secoua la tête.

— Je promène Daphne pour Mme T. après les cours. Elle m'invite à des trucs comme la soirée du Frick et me donne des cartes d'adhérent aux musées car elle sait que j'aime l'art et que ses enfants sont tous grands. C'est plutôt sympa de sa part, en fait.

Jenny hocha la tête. Pourquoi était-ce si dur d'accepter ce qu'elle savait déjà ? Leo était simplement un garçon normal qui promenait des chiens après l'école.

Et qui avait des parents vraiment vieux qui vivaient dans un appartement vraiment sombre et déprimant… D'accord il aimait l'art, et d'accord, elle aussi, mais il devait avoir quelque chose… *de plus*.

D'un seul coup elle se leva du lit et se rua sur le téléphone.

— Faisons un truc fou et romantique ! On pourrait voler une bouteille de vin à tes parents, l'apporter au parc, nous asseoir sous les étoiles et nous soûler !

Leo sembla frappé de stupeur.

— C'est peut-être *toi* la femme mystère, remarqua-t-il dans un sourire confus. Mes parents n'ont pas de vin et, en plus, demain on a école. Je dois préparer le dîner et faire mes devoirs. Tu es la bienvenue si tu veux rester manger avec nous.

Dîner avec les parents émaciés millénaires de Leo qui ne buvaient même pas de vin ? Elle avait dit qu'elle voulait faire un truc *fou et romantique* !

Jenny ignorait ce qui clochait chez elle mais si elle ne sortait pas tout de suite de cette minuscule chambre, elle allait exploser.

— Je crois qu'il faut que j'y aille, murmura-t-elle, courant pratiquement à la porte.

Son visage était brûlant et elle ne pouvait raisonnablement pas s'arrêter pour dire au revoir à ses parents. La porte d'entrée n'était qu'à deux mètres au bout du couloir. Elle attrapa son manteau à la va-vite, savourant à l'avance l'air frais sur ses joues et le trajet apaisant en bus à travers la ville.

« Attends ! » hurla Leo derrière elle, mais elle était déjà partie.

Elise lui avait demandé de réfléchir : aimerait-elle le vrai Leo ? Maintenant elle avait la réponse.

Et ce n'était pas joli-joli.

o ressent le premier élan de grande sœur

— Comme c'est merveilleux de te voir à la maison ! s'exclama Eleanor Waldorf lorsque Olivia sortit de l'ascenseur en tirant ses valises Louis Vuitton.

Mookie, le chien d'Aaron, vint l'accueillir, tout frétillant, et frotta son cul contre ses genoux.

— Casse-toi, siffla la jeune fille bien qu'elle fût tout de même ravie d'être chez elle.

Elle ôta son manteau et le jeta sur le canapé d'époque dans le coin de l'entrée.

— Salut, maman. Où est Kitty Minky ?

Eleanor rejoignit sa fille en se dandinant et l'embrassa bruyamment. Puis elle lui tendit le téléphone.

— C'est ton père, ma chérie. Nous avions une conversation des plus merveilleuses !

Pour ce que Olivia en savait, ses parents ne s'étaient pas parlé – poliment en tout cas – depuis plus d'un an.

— Papa ? dit-elle en s'emparant du combiné.

— Olivia, mon Olive, fit son père d'une voix égayée par le vin depuis son château en France. *Ça va bien*[1] ?

— Si on veut, répondit la jeune fille.

— Des nouvelles de Yale ?

— Nan.

1. En français dans le texte. *(N.d.T.)*

Olivia ne lui avait pas le moins du monde laissé entendre que ses chances d'entrer à Yale – son *alma mater* – étaient presque complètement foutues. Elle se rendit dans son ancienne chambre sans se presser et resta sur le pas de la porte.

— Pas encore, reprit-elle.

— Très bien. Dis, sois gentille avec ta mère. Elle est absolument rayonnante, n'est-ce pas ?

— J'imagine. (Elle entra et s'assit par terre.) Tu me manques, papa.

— Toi aussi, Olive, dit-il avant de raccrocher.

— Alors qu'en penses-tu ? fit Eleanor en pénétrant dans la pièce derrière elle, soufflant comme un bœuf.

Son ventre semblait avoir grossi de trente centimètres en l'absence d'Olivia mais son visage était bien bronzé de son séjour à Hawaii ; elle était plutôt jolie dans sa robe de maternité Diane von Furstenberg vert foncé et noire. Même son bandeau de velours noir n'était pas si moche.

Olivia tenta un demi-sourire de là où elle était assise en tailleur au milieu de la pièce.

— Tu as bonne mine.

— Non, je parle de la chambre.

La jeune fille haussa les épaules et examina la pièce. Les murs blanc nacre familiers avaient été repeints en vert jaune très clair avec une bordure céleri et des lisérés de marguerites au pochoir. Un tapis jaune crème très moelleux avait remplacé son tapis oriental rose. Un berceau en osier se trouvait dans un coin, recouvert de dentelle blanche, et dedans, une couverture jaune, brodée de motifs compliqués de marguerites blanches, était bien pliée. Le long du mur du fond, une table à langer et une commode, toutes deux peintes en jaune pâle. À la droite d'Olivia, une berceuse en bois au dos de laquelle des marguerites étaient marquées au pochoir. Kitty Minky, son chat, était lové dedans, sur un coussin, à moitié endormi.

Sa mère approcha de la commode en se dandinant et passa la main sur les tiroirs.

— Nous voulions monogrammer tous les meubles mais nous n'avons pas encore choisi de prénom. (Elle lui fit un sourire rayonnant.) Ton père a suggéré que tu en proposes un. Tu as toujours été tellement créative, chérie. Je trouve que c'est une merveilleuse idée !

— Moi ? fit Olivia, blême.

Elle n'en avait rien à foutre de ce bébé. Pourquoi diable tenaient-ils à ce qu'elle lui trouve un prénom ?

— Ne t'inquiète pas. Ça ne doit pas obligatoirement être un nom juif, Cyrus s'en moque. Nous voulons juste un beau prénom. (Sa mère l'encouragea d'un sourire.) Et prends ton temps. Réfléchis-y un moment. (Elle se dirigea vers le berceau, secoua la couverture à marguerites jaunes et la replia.) Cyrus et moi allons au Club 21 ce soir pour une dégustation de vin. Dis à Myrtle ce que tu veux pour dîner et elle te préparera quelque chose. (Elle se pencha pour embrasser sa fille sur la tête.) Juste un beau prénom, répéta-t-elle et elle sortit.

Olivia ne bougea pas, contempla les combinaisons de couleurs et réfléchit à son nouveau rôle de Grande Sœur, Trouveuse de Nom de Bébé. Sa chambre ne sentait même plus pareil. Elle sentait le neuf, porteuse de nouvelles promesses.

— Je les tanne pour qu'elle s'appelle Marguerite, dit

Aaron en arrivant d'un pas tranquille en boxer-short de flanelle bordeaux à l'effigie de Harvard.

Ses mini-dreadlocks avaient repoussé et lui arrivaient de nouveau sous les oreilles et son torse nu était tout bronzé. Il aurait pu être mignon s'il n'était pas aussi chiant.

— Comment c'était Hawaii ? lui demanda Olivia, bien qu'elle s'en fichât éperdument.

Les yeux noirs d'Aaron s'écarquillèrent d'excitation.

— Encore mieux que ce que je pensais. J'ai rencontré une fille qui est, genre, encore plus végétarienne que moi. Ses parents sont des réfugiés haïtiens. De Berkeley. Elle m'a appris à faire du surf. On s'est tapé des super trips psychédéliques !

Olivia arqua les sourcils, pas impressionnée le moins du monde.

— Mais maintenant tu es de retour, fit-elle remarquer.

Il hocha la tête.

— Alors qu'est-ce que tu penses de Marguerite – pour le bébé ?

Elle fronça le nez.

— Beuh, Harvard Boy, tu t'es franchement pas foulé, hein ? (Elle tripota son rubis à son doigt.) Comment elle s'appelait ton Haïtienne au fait ?

Aaron fronça les sourcils.

— Yael. Il paraît que des tas de gens prononcent « Yai-elle » quelque chose comme ça. Mais elle, elle le prononçait comme la fac : Yale.

— Yale. (Olivia cessa de tripoter son rubis, les coins de sa bouche se relevant en un sourire.) Yale.

Bien sûr.

s *et* ***n*** *mettent les choses à plat*

Comme Olivia ne logeait plus chez elle, Serena ne voyait aucune raison de ne pas inviter Nate.

— Salut, dit-il lorsqu'elle l'accueillit à la porte.

Ça faisait un peu bizarre de revoir son amie dans son ancien environnement. Mais c'était aussi agréable.

— Salut !

Elle l'embrassa sur la joue et l'aida à enlever son trench-coat trempé qu'elle suspendit soigneusement dans la penderie. Son T-shirt Abercrombie gris était usé et doux, et elle avait hâte de mettre les mains dessus.

— Désolée que les choses aient aussi bizarrement tourné à la soirée, dit-elle.

En y repensant, elle ignorait pourquoi elle n'avait pas embrassé Nate à Sun Valley après qu'il l'avait sauvée dans le fossé, alors qu'elle était déjà nue et tout et tout.

Eh bien, elle n'avait plus qu'à se redéshabiller, non ?

— C'est bon, dit Nate, semblant attendre quelque chose, genre qu'elle lui explique pourquoi elle lui avait demandé de passer.

Elle avança d'un pas vers lui, ses pieds nus tout froids sur le sol de bois dur. Elle ne portait qu'un marcel blanc en coton fin et une minijupe en denim, et elle frissonnait, en partie de froid mais surtout d'impatience et de nervosité. Nate tendit la main et caressa ses bras nus.

— Nate ? fit-elle en lui tombant dans les bras. (Elle sentait son souffle sur son visage. *Oh Natie.)* Tu sais qu'on a toujours été de super potes, qu'on se comprend parfaitement et qu'on a toujours été là l'un pour l'autre même quand c'était vraiment le bordel ?

— Hmm, hmm, répliqua-t-il d'une voix rauque en continuant à lui caresser les bras de haut en bas.

— Alors pourquoi on ne peut pas simplement *sortir ensemble* ?

Nate arrêta de la caresser. Impossible d'envisager de dire non à la plus belle fille de tout l'univers alors qu'elle était déjà l'une de ses meilleures amies et qu'elle lui sautait pratiquement dessus. Peut-être que s'il lui faisait un petit bisou et lui expliquait gentiment que ce n'était pas possible... Il se pencha et l'embrassa, tout hésitant, sur la bouche. Un doux baiser, naïf et innocent.

Mais Serena ne voulait rien de naïf ni d'innocent. Elle cherchait le grand amour. Elle l'embrassa en retour, passionnément, comme quelqu'un qui attendait ça depuis très, très longtemps. Elle lui prit la main et l'entraîna dans sa chambre.

— Hé, fit Nate en s'arrêtant sur le pas de la porte. Olivia est encore là ?

— Hé, répondit Serena en lui lâchant la main.

Comment pourrait-il être son grand amour s'il était amoureux d'une autre fille ? Elle soupira et tomba sur son lit, faisant un sourire triste au plafond.

— Elle est rentrée chez elle.

— Oh. (Nate s'assit sur le lit à côté d'elle. Il lui toucha l'épaule.) Ça va ?

Serena lui sourit. Même s'il n'était pas son grand amour, Nate restait son petit chéri.

— Olivia et Erik ne sont pas allés jusqu'au bout, lui dit-elle parce qu'elle se doutait qu'il voulait savoir.

— Comment tu le sais ? lui demanda-t-il d'un ton suspicieux.

Il ne lui avait pas échappé que Serena et Olivia étaient brouillées.

Serena roula sur le ventre et enfouit son visage dans ses bras comme une petite fille.

— Je lui ai demandé, fit-elle d'une voix étouffée. C'est *mon* frère, tu sais.

Nate se tut. Il était soulagé mais il n'en montrerait rien. Elle se releva sur les coudes.

— Tu sais que je t'aime, Natie. Mais je crois que nous savons tous les deux qui tu as réellement envie d'embrasser.

Nate hocha la tête et regarda par la fenêtre éclaboussée de pluie. Un gros oiseau était perché sur le toit du Metropolitan Museum of Art. Il se demanda si c'était l'un de ces faucons pèlerins qui volaient tout le temps autour de Central Park, surprenant tout le monde car ce n'étaient pas des pigeons. Les faucons étaient élégants et magnifiques, et les voir de temps en temps était quelque peu réconfortant.

Il s'allongea à côté de Serena et la prit dans ses bras, dans une étreinte fraternelle.

— Je t'aime aussi, lui murmura-t-il à l'oreille.

Serena sourit et ferma les yeux. Elle s'imaginait bien avec Nate, allongée dans son dortoir à la fac – où qu'elle atterrisse. Ils ne seraient jamais un couple mais, de temps à autre, ils se feraient des câlins et s'embrasseraient comme maintenant. Ce serait complètement platonique et Olivia ne l'apprendrait jamais. Et au bout du compte ils arrêteraient lorsque Serena trouverait *enfin* le grand amour.

Si tant est qu'elle le trouve un jour…

v a plus de talent qu'une communauté entière de hippies

Lorsque Vanessa rentra chez elle, Ruby, Gabriela et Arlo étaient agglutinés devant la télévision, mangeaient des graines de soja crues et buvaient du saké tiède.

— Qu'est-ce qui se passe ? Je croyais que vous partiez aujourd'hui.

Vanessa posa son lourd sac vidéo par terre et enleva sa veste. Comme elle s'était fait surprendre par une grosse averse, elle était trempée.

— Ils partent *bientôt*, dit Ruby en éteignant la télé et tous les trois gratifièrent la jeune fille des plus grands sourires de faux culs qu'elle eût jamais vus. Ta journée s'est bien passée, ma chérie ?

Vanessa délaça ses Doc Martens et se déchaussa d'un coup de pied. Du coin du séjour, Tofu, le perroquet de sa sœur, gloussait dans sa cage, comme pour la mettre en garde : « *Y a quelque chose dans l'air ! Y a quelque chose dans l'air !* »

Gabriela se leva et défroissa son kimono japonais rose et pourpre aux motifs sophistiqués. Ses tresses grises étaient attachées au-dessus de sa tête, à la Heidi.

— Qu'est-ce que vous faites encore là, d'ailleurs ?

s'enquit Vanessa. Je croyais que vous rentriez aujourd'hui.

Son père se moucha en guise de réponse. Il portait un pull de laine rouge, de toute évidence un vêtement de femme car les manches trois quarts bouffaient aux épaules.

Vanessa s'approcha de lui en plissant les yeux. Son visage était tout barbouillé et ses yeux, injectés de sang.

— Papa, tu es malade ?

Arlo Abrams secoua la tête et se moucha de nouveau. D'autres larmes ruisselèrent sur ses joues.

— Chut, mon ange, murmura Gabriela, bien qu'on ne sût pas trop à qui elle s'adressait.

— C'est tes films, finit par lâcher Ruby qui n'avait jamais été capable de garder un secret. Je leur ai montré tes films.

Pardon ?

Vanessa darda un regard noir sur sa grande sœur, trop furieuse pour ajouter quoi que ce soit. Puis Arlo se remoucha, la poitrine secouée de sanglots. Vanessa avait peur qu'il fasse une crise cardiaque ou autre chose.

— Papa ?

— Nous ne nous doutions pas que tu avais une fibre aussi… *artistique*, bégaya Gabriela. Pas le moins du monde.

Ce n'était pas franchement un compliment mais Vanessa ne recherchait pas franchement les compliments. Ses films étaient si sombres et bizarres que personne ne les aimait vraiment.

Arlo s'empara de la télécommande et ralluma la télé. Ils regardaient l'adaptation qu'elle avait faite d'une scène tirée de *Guerre et Paix* dans laquelle jouait Dan en personne. La caméra suivit un morceau de papier sale soufflé par le vent dans Madison Square Park à la tombée de la nuit puis se posa sur Dan, allongé sur un banc dans le parc. Elle zooma sur son visage et le cœur de Vanessa se serra.

— On peut éteindre ? les supplia-t-elle.

Mais personne ne l'écoutait.

— Non seulement tu sais raconter une histoire, s'exclama Arlo, en extase, mais ta façon de le faire... comme un peintre. (Il posa sur elle ses yeux rouges et larmoyants.) On se sent tous honteux.

— Sa candidature anticipée a été acceptée à NYU pac'qu'elle est trop douée ! radota Ruby, toute fière.

Le visage de Vanessa s'empourpra.

— Ferme-la !

Gabriela passa un bras hésitant et kimonoïsé autour de son épaule.

— Nous sommes si fiers de toi, Aubergine, murmura-t-elle, utilisant le petit surnom affectueux que Vanessa n'avait pas entendu depuis qu'elle était bébé.

Puis Arlo les rejoignit et, le visage trempé de larmes, les étreignit toutes les deux. Ruby lui caressa le dos et tous quatre se retrouvèrent enveloppés dans une étreinte de groupe que même les plus hippies des hippies ne pourraient égaler. C'était totalement anti-Vanessa mais bon, on ne les filmait pas, ni rien.

— Jordy va venir nous voir quelque temps cet été. Ça te va ? murmura Gabriela dans leur étreinte.

Ruby s'étrangla de rire.

— À mon avis, elle se fiche bien de ce que vous faites avec Jordy.

— Oh, je croyais que tu l'aimais bien, dit sa mère.

— Je l'aime bien, bafouilla Vanessa. (Et Jordy était sympa dans son genre.) C'est juste que…

— Qu'elle préfère son ami Dan du film, l'interrompit Arlo, lisant dans ses pensées. Il a vraiment quelque chose.

Ruby pouffa et Vanessa donna un coup de pied dans son pantalon de cuir.

Ouais, Dan avait assurément quelque chose et elle était quasi sûre de savoir ce que c'était.

Elle.

Avertissement: tous les noms de lieux, personnes et événements ont été modifiés ou abrégés afin de protéger les innocents. En l'occurrence, moi.

salut à tous !

C'est cool d'être de retour, non ? C'est cool d'être de retour et de ne *toujours* pas savoir dans quelle fac on entrera l'an prochain, non ? C'est cool d'être de retour, de sentir que nos vies sont en jeu même si on devient complètement cinglés, non ? Enfin, voici quelque chose qui va nous mettre du baume au cœur :

APPEL À TOUS LES GARÇONS !

Je sais que vous désirez me rencontrer, alors voici la chance de votre vie. Demain, c'est notre premier jour de cours et il est censé faire super beau et chaud, ce qui est anormal pour la saison. Dès que la cloche aura sonné, vous me trouverez allongée dans l'herbe sur une couverture rouge à Sheep Meadow, au soleil. Vous êtes les bienvenus si vous voulez me rejoindre, et vous êtes aussi les bienvenus si vous voulez apporter à boire et à manger. Pas de bretzels ni de Gatorade, s'il vous plaît. Désolée, les filles, mais c'est une invite exclusivement réservée aux mecs. Les garçons n'ont jamais été aussi patients que nous et vous connaissez le proverbe – tout vient à point à qui sait attendre.

VOS E-MAILS

Q: Chère GG,

Tu sais, cette tarée que **N** a rencontrée en désintox ? Eh bien j'habite en bas de sa rue et on est allées à Greenwich Saints ensemble avant qu'elle se fasse virer. Bref, j'ai entendu mes parents dire qu'elle avait fait de la prison à Sun Valley pour attentat à la pudeur et, ce qui est hallucinant, c'est que sa mère voyageait en Amérique du Sud, qu'elle ne savait même pas où se trouvait sa fille et que c'est donc les parents de **C** qui ont dû payer la caution pour qu'elle soit libérée alors qu'ils ne la connaissaient même pas !

— Conngurl

R: Chère Conngurl,

Ça expliquerait bien des choses, à mon avis. Et je dois dire que les parents de **C** méritent une médaille pour leur générosité. Personnellement je pense qu'elle aurait dû bénéficier de quelques nuits supplémentaires en taule. Mais ce que j'aimerais vraiment savoir, c'est qu'est-ce qu'ils lui ont donné comme fringues à se mettre en cellule ?

— GG

Q: Chère Gossipgurl,

OK, je suis pas une perverse de harceleuse sexuelle mais j'ai suivi ce garçon qui me fait complètement craquer jusqu'à l'immeuble de **S** puis je me suis assise sur les marches du met pour l'attendre sous la pluie et il n'est pas ressorti avant la nuit : maintenant, j'ai un méchant rhume. Je me sens trop bête.

— atishoo

R: Chère atishoo,

C'est trop triste ! Bien que je sache de quel garçon tu parles. Et si je l'avais repéré dans la rue, j'aurais probablement fait la même chose. Qu'est-ce que **S** a de plus que nous ? Ne réponds pas – on est suffisamment jalouses d'elle comme ça. Au fait, moi aussi j'ai un rhume !

— GG

Q: Chère GG,

Il paraît que les lettres d'admission à la fac arriveront en retard cette année parce que les universités hésitent entre agrandir les salles de classe ou refuser du monde. Elles tiennent une tribune secrète à ce sujet cette semaine.

— ino.

R: Chère ino,

Je ne parle pas aux gens qui font circuler de fausses rumeurs débiles sur les lettres d'admission à la fac. On est assez parano comme ça.

— GG

ON A VU

O au **Wicker Garden** acheter un adorable lapin en cachemire jaune – probablement le premier truc en cachemire qu'elle n'a pas : a) acheté pour elle ou b) volé. **N** fixer l'immeuble de **O** dans la 72e Rue, comme s'il était porteur de toutes les réponses. N'y compte pas, mon chou. **J** et son échalas de copine traquer de nouveau ce pauvre garçon de **Smale**. Qu'est-ce qu'elles ont, ces deux-là ? **D** sur la ligne L pour Williamsburg. **D**, ne pas descendre à Williamsburg. **V**, filmer de l'herbe qui pousse à **Central Park** – je plaisante pas ; elle prend vraiment son boulot au sérieux.

P.S. : Je voudrais pas vous gâcher le plaisir mais quelqu'un a vu **C** dernièrement ? Il a un nouveau petit copain, et je meurs d'envie de savoir d'où il vient. Il est tellement exotique !

On se voit au parc, les garçons !

Vous m'adorez, ne dites pas le contraire.

gossip girl

*pourquoi **s** et **o** sont encore amies*

— Je nous ai fait du thé, dit Serena en désignant les tasses et les sous-tasses blanches sur son plateau de déjeuner orange. (Elle renifla et s'essuya le nez sur la manche de sa blouse Calypso vert clair.) Avec du miel.

Olivia accepta que Serena s'assît en face d'elle à la table en bois blond de la cafétéria et prit le thé. Elle avait un rhume carabiné. Du thé avec du miel était précisément ce qui lui fallait. En plus, Serena et elle déjeunaient toujours ensemble, surtout quand elles animaient ce groupe de discussion dont elles étaient les leaders.

Et Olivia avait quelque chose à lui demander.

La cafét' était bondée de filles qui inondaient leurs frites de patate douce de ketchup en commérant sur les vacances de Pâques.

— Il paraît que Serena et Nate Archibald se sont fait arrêter pour avoir baisé sur un télésiège, murmura Rain Hoffstetter à Laura Salmon.

— J'ai entendu dire qu'elle partait à Amsterdam après le bac. Elle a rencontré ce type de l'équipe olympique hollandaise de snowboard et ils vont se marier, ajouta Kati Farkas.

— Et le père d'Olivia essaie de la faire entrer à

Brown, se fit entendre Isabel Coates. Parce qu'elle et Erik van Woodsen sont amoureux fous !

— Il ne s'est rien passé tu sais, entre Nate et moi, dit Serena une fois assise. (Elle sirota son thé. En fait, si, il *s'était passé* quelque chose entre eux, mais c'était voilà bien longtemps.) Je veux dire, après la soirée de Georgie.

Olivia remua son thé. Serena et elle s'étaient ignorées depuis la soirée à Sun Valley, principalement parce que c'était plus facile et plus excitant de laisser l'autre s'imaginer des choses au lieu d'avouer une vérité plutôt gênante.

Elle repoussa son thé et posa ses coudes sur la table, fixant son amie dans les yeux.

— Comment c'était ?

Serena reposa son thé et se moucha dans une serviette. Elle aussi avait un rhume carabiné.

— Quoi ?

— Le sexe. Avec Nate.

Serena froissa la serviette et la fourra sous le plateau pour qu'aucune des deux ne la voie. Était-ce une question-piège ? Olivia attendait-elle juste qu'elle dise ce qu'il ne fallait pas pour lui sauter dessus, la griffer et lui arracher la tête avec ses dents ?

— C'était vraiment…

Elle marqua une pause, attendant que l'expression d'Olivia s'enlaidisse mais celle-ci paraissait sincèrement intéressée. *Elle veut vraiment savoir*, réalisa-t-elle.

— Génial. Nous avions un peu peur tous les deux mais, comme c'était avec Nate, c'était super. (Elle sourit, plongée dans ses souvenirs.) Et, après coup, nous n'étions pas gênés du tout.

Olivia hocha la tête et regarda la table. Tout ça,

c'était bien joli, mais elle, alors ? Comment elle et Nate le feraient-ils un jour s'ils n'étaient pas… ?

Par-dessus l'épaule de Serena, Olivia aperçut les filles de troisième de leur groupe de discussion se diriger vers la table. Il était temps de changer de sujet.

— Peu importe, marmonna-t-elle en attrapant son sac par terre pour sortir le matos pour les troisièmes.

— Salut les filles ! Alors ces vacances ? leur demandèrent en chœur Mary Goldberg, Vicky Reinerson et Cassie Inwirth.

Les trois collégiennes guillerettes portaient toutes des pulls en V noirs assortis. Elles posèrent leur plateau déjeuner sur la table et s'assirent pratiquement les unes sur les autres.

— Les nôtres, c'était du délire !

— Bien, dit Olivia sans grand enthousiasme. (Elle leur tendit un prospectus.) Si vous pouviez lire ça avant de commencer.

Les collégiennes jetèrent un œil au prospectus et pouffèrent, l'air de dire : « *Comme si on allait vraiment parler de* ça *!* »

— Alors, Serena, tu as fait des photos de mode pendant les vacances ? Il paraît que tu as posé pour une séance photos avec l'équipe olympique hollandaise de snowboard pour, genre, un baume pour les lèvres, un truc comme ça ? lui demanda Mary Goldberg.

Serena les gratifia d'un sourire ironique. Toutes les conneries que les gens inventaient sur elle étaient tellement délirantes qu'elle regrettait presque que ce soit faux.

— Ouais, c'était génial !

Les deux autres membres du groupe, Jenny Humphrey et Elise Wells, arrivèrent avec leur déjeuner dans des sacs de papier marron. Au lieu de la saladerie, des plats chauds ou des sempiternels bâtonnets de poisson/frites de la vieille cafét', elles mangeaient des pâtés impériaux du restaurant chinois sur Lex, qu'elles avaient carrément rapportés à l'école. C'était toujours surprenant de voir combien les deux filles pouvaient être malignes alors qu'elles incarnaient l'innocence et la bonté mêmes – mise à part la gigantesque poitrine de Jenny.

— Jenny est déprimée, déclara Elise en s'asseyant. (Elle sortit un bout de crevette de son nem et le fourra dans sa bouche.) Elle a besoin de conseils. Mauvais.

Jenny donna un coup de coude à son amie, irritée.

— Je vais bien.

Elle contempla son nem qui flottait, intact, dans une grosse flaque de sauce aigre-douce. Il était quasiment immangeable.

— En fait, Leo est complètement normal ; ce n'est pas un duc français, ni rien, expliqua Elise comme si elles savaient toutes parfaitement qui il était ou que ça les intéressait. Et s'il connaît des trucs sur la fourrure ou les bottines de chien, c'est uniquement parce qu'il promène le clebs de Mme T. et nous savons toutes qu'elle porte des tonnes de fourrure.

Olivia bâilla impoliment et versa un sachet d'édulcorant Equal dans son thé, juste histoire de faire quelque chose. Espérons que Serena en prendrait note.

Brusquement Serena prit le sachet vide d'Equal dans la main d'Olivia, y inscrivit quelque chose puis le lui rendit.

« *Il t'aime encore* », lut Olivia.

Les troisièmes laissèrent aller leurs regards d'une lycéenne à l'autre.

— Qu'est-ce que vous faites, les filles ? geignirent Mary Goldberg et Vicky Reinerson, embêtées d'être exclues.

Olivia plia le sachet et le rangea dans son sac.

— Alors qui, parmi vous, sait tricoter ?

Jenny se demandait ce qui se passait au juste.

— Moi. J'ai appris en camp d'artisanat l'été dernier.

Olivia se moucha.

— Tout le monde apprend bien à tricoter au pensionnat, non ? renifla-t-elle à l'attention de Serena.

Celle-ci haussa les épaules.

— Je n'ai jamais appris mais tous les top models tricotent. C'est ce qu'elles font en coulisse lors des défilés.

— On a toujours voulu apprendre ! s'écrièrent Cassie, Mary et Vicky.

— Tricoter ? dit Elise, complètement paumée.

Olivia remonta la fermeture de son sac Hobo Coach et se leva.

— Venez, leur dit-elle. On va acheter du fil. Et après l'école, nous irons toutes tricoter des petites bottes chez moi.

De l'autre côté de la cafétéria, cette déjantée de terminale au crâne rasé, Vanessa Abrams, filmait leur réunion, un vaisseau spatial rose en plastique hallucinant tournoyant et clignotant sur la table en premier plan.

Serena se leva et ramassa ses affaires.

— Des chaussettes, tu veux dire ? répliqua-t-elle.

— Non, des *petites bottes*, la corrigea Olivia dans un sourire.

Au moins, elles feraient autre chose de leurs mains que de fumer. Et après les cours, ce serait un bon moment pour commencer, d'autant plus que les garçons seraient occupés à autre chose.

Les troisièmes passèrent les grandes portes bleues de l'école, aux basques de Serena et Olivia, enchantées de partir en sortie éducative avec les deux filles les plus cool de toute l'école.

Après tous ces mois de froid, la chaleur du soleil était si intense que c'en était choquant.

— Je suis désolée qu'on se soit engueulées, confia Serena à Olivia, tandis que le groupe de filles se dirigeait vers l'est, vers la 3e Avenue. Ça ne sert à rien si on finit toujours par redevenir copines.

— C'est bon, dit Olivia en clignant doucement des yeux comme un chat au soleil.

Peut-être était-ce le temps, mais, d'un seul coup elle se sentait étrangement optimiste. Tous les jours, des bébés naissaient et on leur donnait des noms cool comme Yale ; des filles et des garçons cassaient et se réconciliaient ; des meilleures amies s'engueulaient et faisaient la paix ; et des étudiants entraient à la fac – notamment dans une université qui s'appelait Yale.

— C'est une si belle journée. Je crois qu'on ferait mieux d'aller au parc au lieu de rentrer chez moi.

— Je file à la maison chercher une couverture, proposa Serena. On se retrouve au parc.

Oh-oh.

ils sont venus, ils sont tous là

— Cinquante dollars qu'elle viendra pas ! lança Anthony Avuldsen à ses amis, ouvrant les paris.

Nate, Anthony, Charlie et Jeremy s'étaient rendus à Sheep Meadow directement après les cours, juste pour voir si une certaine personnalité populaire en ligne allait bel et bien montrer son visage.

Il faisait beau et un tas de garçons jouaient déjà au frisbee. Nate reconnut Jason Pressman, un benjamin de l'équipe de lacrosse de St. Jude et alla lui dire bonjour.

— T'es au courant pour Holmes ? lui demanda Jason.

Il avait un gros sachet de shit posé sur un genou et roulait de minuscules joints qu'il alignait dans une vieille boîte en fer-blanc d'Altoids.

— J'ai entendu dire qu'il était absent, répondit Nate en se léchant les lèvres en observant Jason éparpiller du shit dans du papier à rouler bien plié.

— *Chopé !* dit Jason. Il s'est fait piquer, le mec, à l'aéroport de Miami avec, genre, une boule de hasch. (Il lécha le joint et le jeta dans la boîte.) Il s'est fait virer. Le coach a dit que tu *serais* capitaine, du coup.

Anthony, Charlie et Jeremy roulaient eux aussi des pétards un peu plus loin. Nate se retourna et leur fit un grand sourire. C'était encore mieux comme histoire d'avoir renoncé à être capitaine de lacrosse pour finir par le devenir, au bout du compte. En plus il l'avait mérité.

Jason tendit le bras et frappa la main de Nate, lui passant un joint par la même occasion.

— Bon boulot, mec. Félicitations.

— Merci, dit Nate en tenant le pétard dans son poing. Quelle journée ! constata-t-il en rejetant la tête en arrière pour prendre le soleil.

Heureusement qu'il y avait plus de mecs que de filles, sinon l'herbe aurait été toute mouillée de bave.

Le parc se remplissait de garçons d'écoles privées qui feignaient d'être tous là au même moment sans aucune raison. Chuck Bass était assis en tailleur sur une couverture de camping rouge, arborant une casquette de base-ball noire portant l'inscription *Sun Valley Ski Patrol*. Un petit singe blanc était perché sur son épaule.

Si, si, c'est vrai. Un singe vivant.

Chuck était un connard de première mais il ne manquait jamais d'amuser la galerie. Nate était trop intrigué pour ne pas aller jeter un œil. Il alluma le joint de Jason et se dirigea vers lui.

— C'est quoi au fait ? lui demanda-t-il en tirant sur son joint.

— Un singe des neiges. D'Amérique du Sud. (Chuck gratta l'animal sous le menton tandis que celui-ci regardait Nate de ses yeux dorés confiants.) Sweetie, voilà Natie. Natie, voilà Sweetie.

— Où tu l'as eue, elle ?

Chuck éternua et se moucha dans un mouchoir de soie rose.

— *Lui*. C'est un garçon. La mère de Georgie l'a

envoyé à mes parents en cadeau de remerciement – tu sais, pour l'avoir tirée de tout ce bordel d'attentat à la pudeur. (Il caressa la longue queue blanche de Sweetie qui drapait son épaule comme une étole de fourrure hors de prix, mais vivante.) En fait, ils ont des singes des neiges au zoo de Central Park mais c'est plutôt rare comme animal domestique. Maman trouve que Sweetie pue mais j'ai mon propre appartement maintenant à Sutton Place. Donc je vais le garder.

N'est-il pas le plus chanceux des hommes ?

— Cool.

Nate, qui se fichait bien du singe à présent, était prêt à passer à autre chose.

— Hé, Nate ! lui cria Jeremy. Ce gosse, là, il sort avec ton ex-petite copine ! La troisième aux énormes nichons !

À quelques mètres de là, Jeremy, Charlie et Anthony discutaient avec un gamin aux cheveux blond platine que Nate pensait avoir déjà vu quelque part mais il n'en était pas sûr. Il les rejoignit et lui serra la main, tenant le joint entre ses lèvres en même temps, à la Humphrey Bogart.

— On ne *sort* pas ensemble, insista Leo, nerveux. On s'est rencontrés sur Internet et ensuite on est devenus amis et… (Il s'arrêta et regarda Nate en fronçant les sourcils.) Hé, je savais pas qu'elle était sortie avec *toi.* (Il fourra les mains dans les poches de son jean et donna des coups de pied dans l'herbe.) Enfin bref, on ne se parle même plus.

Juste alors, Serena van der Woodsen et Olivia Waldorf firent leur entrée dans le parc, suivies de cinq filles plus jeunes, y compris Jenny Humphrey, la tristement célèbre « troisième aux énormes nichons ». Les filles aidèrent Serena à étaler une immense couverture polaire rouge puis elles s'assirent toutes dessus en tailleur en petit cercle. Olivia distribua à chacune une pelote de laine jaune clair et des aiguilles à tricoter en métal rose.

— D'abord on doit mettre le fil dans l'aiguille, expliqua Jenny.

Elle fit une boucle avec le fil, passa le bout de l'aiguille dedans et se mit à monter les mailles. Les autres filles se penchèrent, l'observant attentivement.

À moins de quinze mètres, Nate continuait à tirer sur son joint.

— Mais tu l'aimes *bien*. Avoue-le. C'est plutôt difficile de ne pas l'aimer.

Leo rougit.

— Ouais.

— Alors qu'est-ce que tu fous ? Pourquoi tu n'y vas pas (il désigna le cercle de filles sur la couverture rouge) et tu ne l'embrasses pas ? C'est ce que je ferais à ta place.

À peine eut-il dit cela qu'il réalisa que c'était ce qu'il devait faire avec Olivia – y aller et l'embrasser. Il avait été hyper excité pendant tout le temps où il ne fumait plus mais quand il était défoncé, il était *romantique*. C'était l'une des choses qu'Olivia appréciait chez lui.

— Je ne sais pas, dit calmement Leo. Peut-être une autre fois.

— Ouais, acquiesça Nate.

Ce n'était franchement pas le bon moment.

Les cinq garçons continuaient d'observer le groupe de tricoteuses lorsque Dan surgit, déguenillé et surcaféiné, comme d'habitude, une Camel humide pendillant de ses doigts clairs et tremblants.

— Hé, ma sœur et toi vous avez cassé ou quoi ? demanda-t-il à Leo.

Celui-ci le regarda, impuissant.

— Je ne sais pas, répondit-il.

Dan tourna sa tête ébouriffée pour jeter un œil à la scène. Chuck Bass, le Connard avec un grand C qui était en classe avec lui, était assis par terre, un singe blanc sur son épaule. Il avait même amené l'animal en cours ce matin mais les professeurs l'avaient sommé de le ramener chez lui. Puis Dan remarqua autre chose qui lui fit lâcher sa cigarette encore allumée dans l'herbe.

Vanessa était agenouillée sur une couverture rouge trois mètres derrière Chuck, le visage caché par sa caméra. Devant elle, le petit OVNI en plastique rose qu'il lui avait envoyé tournait en clignotant comme un fou sur un petit tabouret pliant. Dan arrivait tout juste à discerner la chanson pop japonaise de fou qui sortait du jouet et cela lui donna envie de danser une petite gigue heureuse.

Comme s'il allait se lâcher et *danser* pour de bon.

Nate suça ce qui restait de son joint et désigna Vanessa d'un signe de tête.

— Tu crois que c'est elle ?

— Sûrement pas, répondit Dan.

Bien qu'il se demandât en secret si Vanessa était la Maîtresse Sexy du Web qu'ils étaient tous venus voir. Ce serait bien son genre de faire quelque chose qui ne lui ressemblait pas du tout et d'en boucher un coin à eux tous.

— Peut-être qu'elle ne viendra pas.

Nate jeta le filtre mort en direction de Chuck.

— À moins qu'elle ne soit déjà là.

Les six garçons contemplèrent Chuck un moment

en pouffant intérieurement. Même si cela semblait être un non-événement exclusivement réservé aux garçons, il y avait pas mal de filles dans le coin. Kati Farkas et Isabel Coates caressaient le singe de Chuck et espionnaient le petit groupe de tricot d'Olivia et Serena.

— Qu'est-ce qu'elles font ? gémit Kati.

Elle gratta Sweetie derrière les oreilles et le singe lui montra les dents.

— Il a les oreilles fragiles ! l'avertit Chuck.

— Peut-être qu'elles tricotent des trucs pour cacher de la drogue dedans. Il paraît que les contrebandiers se servent de bébés pour faire passer des drogues en fraude dans d'autres pays, lança Isabel, souhaitant désespérément pouvoir s'intégrer au cercle.

— Vous ne trouvez pas ça génial que tout le monde nous regarde comme si on était des... *sorcières*, genre ? murmura Serena.

Les autres filles pouffèrent avec des airs de conspiratrices.

Olivia s'essuya le nez et se rappliqua du rouge à lèvres. Il ne lui avait pas échappé que Nate faisait partie des spectateurs.

— S'ils savaient, dit-elle, alors que leur petit groupe attirait toute l'attention.

Son demi-frère, Aaron Rose, débarqua avec sa guitare et s'assit sur le coin de leur couverture.

— Qu'est-ce que vous voulez que je joue ? leur demanda-t-il.

— *Ce que tu veux !*

Elles venaient tout juste de piger comment faire « une maille à l'endroit, une maille à l'envers, une maille à l'endroit » mais la musique du jouet en plastique rose de Vanessa leur tapait sur les nerfs.

« *Stir it up, little darling, stir it up…* », commença-t-il, chantant son morceau de reggae préféré. Aaron était juste venu voir si Olivia était la fille dont tout le monde parlait. D'après ce qu'il voyait, ça pouvait être n'importe laquelle.

« On ne saura jamais », constata plus d'un garçon dans le parc.

C'est vrai. Vous ne saurez jamais.

gossipgirl.net

thèmes ◀précédent suivant▶ envoyer une question répondre

Avertissement : tous les noms de lieux, personnes et événements ont été modifiés ou abrégés afin de protéger les innocents. En l'occurrence, moi.

salut à tous !

À PROPOS DE HIER SOIR

Désolée, les garçons, mais vous vous êtes fait avoir ! Je sais, c'était super méchant de ma part de ne pas avoir révélé mon identité mais avouez-le, vous êtes tous devenus super potes du coup, et c'était marrant, non ? Exactement ce dont vous aviez besoin, pas vrai ? Et surtout, vous avez pu caresser cet adorable petit singe. Et bien que vous détestiez le reconnaître, ça vous plaît bien de ne toujours pas savoir qui je suis parce que vous *adorez* imaginer à quoi je ressemble. Je suis la fille de vos rêves.

CE QUE NOUS NE SAVONS PAS ET MOURONS D'ENVIE DE DÉCOUVRIR

N et **O** vont-ils se réconcilier ?

S va-t-elle trouver quelqu'un à aimer ?

V et **D** vont-ils se pardonner et vivre heureux pour l'éternité ?

Entendra-t-on parler de **G** ? En a-t-on envie ?

J et **L** vont-ils s'expliquer ? En a-t-elle envie ?

C va-t-il faire son coming-out ?

Et moi ?

Vous savez que j'ai hâte de répondre à toutes ces questions. Mais d'abord, je dresse un autel au Saint des Admissions à l'Université. Tous les jours je lui achèterai un cadeau, comme ces nouvelles chaussures sans lacets incrustées de perles que j'ai repérées chez Barney ou ce nouveau sac rose dont tout le monde parle et qu'aucun magasin ne semble avoir. Comme ça, si je n'entre pas dans mon université préférée, j'aurai des tas de prix de consolation. Et si j'y suis admise, j'aurai une excuse pour me féliciter avec encore plus de cadeaux. L'un dans l'autre, je serai gagnante. Et on le sera toutes !

Vous m'adorez, ne dites pas le contraire.

gossip girl

Fleuve
Noir

Achevé d'imprimer sur les presses de

BUSSIÈRE

GROUPE CPI

à Saint-Amand-Montrond (Cher)
en mai 2006

FLEUVE NOIR
12, avenue d'Italie
75627 Paris Cedex 13

— N° d'imp. : 60981. —
Dépôt légal : juin 2006.

Imprimé en France